소중한 꿈을 향해 가는 사람들에게

❋ 나를 변화시키는 소중한 꿈 소중한 인생 ❋

소중한 꿈을 향해 가는 사람들에게

글 · 이도환

이가출판사

실패 속에서 성공을 꿈꾸는 사람들…

역사상 위대한 업적을 남긴 많은 인물들은 대부분 성공하기 전에 반드시 큰 장애물에 부딪쳤습니다. 그리고 그 장애물을 이겨내는 과정을 통해 성공에 이르렀습니다. 그들은 거듭되는 실패에도 용기를 잃지 않았기 때문에 승리자가 될 수 있었던 것입니다.

시대를 초월하여 세계인들을 감동시킨 명작 〈갈매기의 꿈〉은 1970년에 맥밀란 출판사에서 발간되기 전까지 18곳의 출판사에서 출판을 거절당하는 수모를 겪은 작품입니다.

존 밀턴은 44세에 장님이 되었고 그로부터 16년 뒤 〈실락원〉이라는 위대한 작품을 썼습니다.

파스퇴르는 반신불수 상태에서 질병에 대한 면역체를 개발했고, 베토벤은 청력을 상실한 생애 후반기에 다섯 개의 교향곡을 포함해 가장 위대한 곡들을 탄생시켰습니다.

95세가 된 늙은 파블로 카잘스에게 누군가가 물었습니다.

"선생님은 이제 95세이고 세상에서 가장 위대한 첼리스트로 인정받고 있습니다. 그런데 아직도 하루에 여섯 시간씩 연습을 하는 이유가 무엇입니까?"

그러자 카잘스는 이렇게 대답했다고 합니다.

"왜냐하면 연습을 할수록 내 자신의 연주실력이 아직도 조금씩 향상되고 있기 때문이지요."

실패를 성공의 이유로 만드는 강인한 정신력과 긍정적인 사고, 미래의 성공을 위해 오늘의 고통을 감내할 수 있는 의지와 성실함, 그리고 현재에 만족하지 않고 끊임없이 도전하는 도전정신과 노력은 성공한 모든 사람들의 공통점입니다.

어려운 시대를 살아가는 요즘, 쉽게 절망하고 쉽게 포기하고 또 쉽게 쓰러지는 사람들을 많이 만나게 됩니다. 절망에 빠졌을 때, 포기하고 싶은 생각이 들 때, 이 책에 실린 수많은 사람들의 이야기를 생각하시기 바랍니다.

이 책에 등장하는 많은 사람들의 이야기는 단순히 성공의 이야기가 아니라 실패를 딛고 일어선 극복의 이야기입니다.

우리가 잊고 있는 소중한 사실, 실패를 두려워하지 말고 포기를 두려워하라는 말을 다시 한 번 마음에 새겨보는 시간이 되시기를 바랍니다.

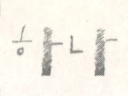

양식

고난의 강을 건너본 사람은 인생의 폭도 그 만큼 넓어집니다
오늘의 시련은 내일의 삶을 가치 있게 만드는 좋은 재료이기 때문입니다
다만 지금 이 시간이 약간 힘들뿐, 그 강을 건너서면 새로운 세상이 우리를 기다리고 있습니다

다섯 손가락의 용기

피아노의 신동으로 이름 날린 그는 20대 청년이 되자 이미 피아노 연주가로서 뿐만 아니라 작곡가, 지휘자로도 명성을 떨치기 시작하였다. 캐나다 음악 협회는 그에게 '최우수 실황 음악회상'을 수여하였다. 그는 가장 주목받는 피아노 연주가이자 작곡가 겸 지휘자였다.

그러던 어느 날이었다. 연주를 마치고 숙소로 돌아가던 그는 길에서 미끄러지는 바람에 오른쪽 세 번째 손가락과 네 번째 손가락의 신경이 마비되는 사고를 당하고 말았다. 피아노 연주자인 그에게 그것은 사형 선고와도 마찬가지였다.

죽을 결심을 한 그는 다리 위로 올라갔다. 잔잔한 수면 위로 그의 얼굴이 비치고 있었다. 그와 함께, 그가 무대 위에 등장해서 피아노 연주를 하고 무대 뒤로 사라지는 모습이 보였다. 환호를 보내던 관객들도 물 위에 비쳤다. 그러자 그는 갑자기 무언가를 생각해낸 듯 고개를 번쩍 들었다. 그에게는 아직 왼손이 남아 있었던 것이다. 피아노 곡 중엔 왼손만으로 칠 수 있는 협주곡이 있었다.

그 날 이후 그는 새로운 삶을 시작했다. 그는 예전에 연습했던 것보다 두 배 이상의 시간을 피아노 앞에서 보냈다. 하루의 거의 대부분을 피아노 연습에 매달렸다. 어느덧 그는 왼손만으로 피아노를 치는 것에 익숙해졌다. 테크닉도 예전의 기량을 되찾고 있었다.

그런데 왼손만으로 피아노를 치다 보니 왼손만으로 칠 수 있는 작품이 많지 않았다. 기교도 별로 다양하지 못했다. 그래서 그는 왼손만을 위한 작품을 작곡하기 시작했다. 연주법도 개발했다. 그리고 다시 무대에 올랐다.

그의 연주는 사람들에게 진한 감동을 주었다. 관객들은 그의 눈물어린 재기에 아낌없는 격려의 박수를 보냈다.

그의 이름은 라울 소사. 그는 현재 몬트리올 음악원 교수로 재직 중이다.

만약 그에게 사고가 일어나지 않았다면 그는 평범한 음악가에서 멈췄을 지도 모릅니다. 그러나 그에게는 고통과 좌절을 이겨낸 다섯 손가락이 있었기에 세계적인 음악가가 될 수 있었던 것입니다.

문둥병자들의 영원한 친구

1885년 6월의 첫 주일 아침, 그는 칼라와오에 있는 그의 예배당에서 언제나처럼 진지한 태도로 미사를 드리고 있었다. 날씨는 아주 무더웠고, 그가 설교를 하기 위해 제의를 벗는 사이에 사람들은 더위로 나른한 몸을 기지개로 펴고 있었다. 하지만 신부가 말을 연 순간, 실내의 나른하던 분위기는 순식간에 사라지고 말았다. '나의 형제들이여…' 하고 으레 말문을 열던 그가 오늘은 느릿느릿, 의미심장한 목소리로 '우리 문둥병자들은…' 하고 첫마디를 시작했기 때문이었다. 1840년 1월 3일, 벨기에의 어느 작은 마을에서 여섯 형제 중 막내로 태어난 다미안 드 뵈스테 신부가 몰라카이섬을 찾은 것은 단순히 나환자들의 정착촌에 성당을 짓기 위해서였다. 그리고 그 일은 약 3개월 정도면 끝날 일이었지만, 다미안 신부는 그곳에서 자신 스스로 나병에 걸려 죽을 때까지 16년간 머물렀고, 그 16년은 인류 역사에서 가장 소중한 순교자 중의 한 사람인 다미안 신부를 탄생시켰다.

1860년대는 역사적으로 문둥병이 점차 확산되어 급기야 격리 정책이 시행되던 때였는데, 1866년에는 140명의 문둥병자들이 하와이 군도의 몰라카이 섬으로 보내져, 아무도 돌보아주지 않는 열악한 환경과 조건 속에서 죽어갔다.

식량조차 제대로 배급되지 않아 섬을 떠돌며 풀을 뜯어 연명해야 했던 이들은, 바닥난 식량 때문에 도둑질을 서슴지 않았고, 풀뿌리로 술을 만들어 마시며 난잡한 생활을 하고 있었다. 그리고 이러한 상황은 1873년 5월의 어느 아침, 다미안 신부가 몰라카이 섬의 칼라와오 정착촌에 도착할 때까지 계속되었다.

젊고 열정적인 다미안 신부는 그곳에 도착하자마자 당장 환자들과 함께 생활하며, 그들에게 생의 의미를 일깨워 주기 위해 노력했다. 죽음을 기다리듯 살고 있는 환자들에게 희망을 주기 위해 움막을 헐고 집을 지어 주고, 문둥병 환자들에게 자신이 그들의 모습을 보고 두려워하거나 역겨워 하지 않는 것을 보여주기 위해 그들이 건네는 음식을 그들이 보는 앞에서 자연스럽게 먹고, 함께 식사할 때면 그들과 같은 접시를 썼다.

매일 아침 새벽이면 도끼와 삽을 들고 공동묘지로 출근해 그냥 버려져 있는 시체들을 위해 관을 짜서 땅에 묻고, 악취 때문에 다가가기도 힘든 환자들의 집을 방문하며 생활을 보살피고, 끊임없이 정부 당국을 설득해 생필품과 의약품을 조달했다.

　…그리고 다미안 신부가 칼라와오에 도착한지 16년, 정착촌 사람들은 모두 자신의 집을 가지게 되었고 주말이면 교회에 나와 기도를 드렸으며, 밭을 갈고 일을 했다. 그리고 해가 떨어지면 다미안 신부의 집 마당에 모여 이런 저런 이야기를 나누며 그의 파이프 담배를 나누어 피웠다. 1889년 4월 12일, 다미안 신부가 숨을 거두었을 때, 칼라와오의 문둥병 환자들은 그의 무덤 앞에서 슬픈 곡성을 거두지 못했고, 전 세계는 다미안과 몰라카이라는 섬, 그리고 문둥병 환자들에게 드디어 눈길을 돌리게 되었다.

　　자신의 몸을 태워 세상을 밝히는 것이 촛불입니다. 당신은 다른 사람을 위해 무엇을 할 수 있나요? 아주 작은 것이라도 찾아내 실천하는 오늘이 되었으면 합니다.

그의 여행은 아직 끝나지 않았다

14세의 아스포 예미루는 마음이 아팠다. 자신이 다니는 윈게이트 기숙학교 근처의 교회에 사는 가난한 고아들 때문이다. 자신도 아홉 살 때 부랑아가 되어 남의 집에 살며 어렵게 공부하던 기억이 떠올라 더욱 아이들이 눈에 밟혔다.

예미루는 자신이 아이들을 직접 가르치기로 마음먹었다. 수업이 끝난 네 시 반, 학교 운동장에 있는 떡갈나무 아래로 아이들을 오라고 했다. 떡갈나무 학교 이야기는 빠르게 퍼져 나갔고, 예미루가 마지막 학년이 되던 열일곱 살 때에는 수업을 받으러 오는 아이들의 숫자가 200명을 넘어섰다. 예미루는 대학 진학도 포기하고 학교를 세우겠다고 결심했다.

졸업을 앞둔 어느 날 에티오피아 황제가 윈게이트 학교를 방문했다. 황제가 학교를 떠나려는 순간, 예미루는 황제의 차를 가로막고 땅에 엎

드렸다.

"우리에게 땅을 주십시오!"

순간 정적이 흘렀고, 이 급작스러운 일로 무슨 사태가 벌어질지 모두 궁금해했다. 황제가 예미루에게 물었다.

"왜 땅이 필요하지?"

"가난한 아이들을 위한 학교를 세우고 싶습니다."

황제는 아무 말 없이 떠났으나, 얼마 후 예미루에게는 학교를 세울 땅이 주어졌다.

아이들과 함께 세운 학교는 완전 무료였기 때문에 빈민들에게 매우 인기가 높았다. 학교를 열고 십년 후에 예미루는 2천5백 명의 제자가 생겼고, 380명 고아들의 아버지가 되었다. 그러나 문제는 또 있었다. 계속해서 몰려드는 아이들의 숫자에 비해 학교가 너무 좁았다.

감히 황제의 차를 가로막고 땅을 얻어낸 것처럼 예미루는 또 한 번 새 학교를 세울 재정을 마련하기 위한 행동에 돌입했다. 에티오피아에서 하라르까지 펼쳐진 500km의 사막을 걸어서 갔다 오는 것! 그는 이 행진을 통해 에티오피아와 전 세계의 자선사업가들에게 자신의 뜻을 알리고 싶었다.

출발은 자신의 학생들 중 가장 나이 많은 제자들과 함께 했다. 그러나 1000km의 거리를 완전히 걸어 낸 사람은 예미루 단 한 사람뿐이었다. 출발 후 한 달이 훨씬 지나 에티오피아로 돌아왔을 때 그는 완전 탈진상태였다. 그만큼 힘든 행진이었다.

16

이제 예미루는 거의 60세가 다 되었고, 장거리 행진으로 여전히 발을 절고 있다. 그의 전 생애는 가난한 아이들을 도와주기 위한 길고 힘든 여행이었다. 그의 노고는 2001년 세계 어린이 인권상 수상으로 격려받았다.

그러나 예미루는 아직도 가끔은 슬프다. 여전히 학교는 모자라고 배움을 원하는 가난한 아이들은 많기 때문이다. 그의 여행은 아직도 끝나지 않았다.

당신에게 요정이 나타나 한 가지 소원을 들어주겠다고 약속했을 때, 당신은 어떤 소원을 말하겠습니까? 다른 사람을 위해 그 기회를 쓸 수 있나요?

장애가 에너지였습니다

애블린 글래니는 세계 최고의 타악기 연주자 중의 하나로 손꼽히는 사람이다. 그러나 그녀가 최고라고 자부하는 다른 연주자들보다 돋보이는 이유가 하나 있다.

그것은 바로 그녀가 12세에 청력을 잃은 청각장애인이기 때문이다.

어려서부터 음악에 재능을 보여 음악가가 꿈이었던 그녀에게 있어 청각의 상실은 엄청난 비극이었다. 그리고 음악가의 꿈은 이제 끝난 것과 다름없었다.

그러나 모든 사람들이 그렇게 생각할 때 혼자서 '끝이 아니다' 라고 생각한 사람이 있었다. 바로 애블린 글래니, 자신이었다.

그녀는 청각을 포기한다는 것에는 동의했다. 그러나 소리를 귀를 통해서만 듣는다는 것에는 동의할 수 없었다. 청각을 잃기 전에도 소리는 귀뿐만이 아니라 피부와 온몸을 통해 느낄 수 있다는 사실을 이미 알고 있었기 때문이었다.

그녀는 이제 소리의 진동과 뺨의 떨림, 그리고 온몸을 타고 느껴지는 진동을 통해 소리를 감지하는 법을 배우기 시작했다. 그리고 연습을 할 때에는 항상 맨발로 무대에 올라 마루를 통해 느껴지는 소리의 진동을 발바닥 감촉으로도 느끼려고 노력했다. 그리고 결국은 발바닥을 통해 전해오는 아주 작은 떨림으로 소리를 구별하는 법을 배웠다.

이제 귀가 아니라 온몸, 발바닥까지 동원하여 사라진 청각을 대신했던 것이다.

결국 그녀는 20여 년의 노력 끝에 아주 미세한 공기의 떨림만으로도 음의 높낮이를 구별할 수 있게 되었고 세계 최고의 타악기 연주자로 손꼽히게 되었다.

애블린 그래니에게 있어 장애는 새로운 에너지의 다른 말이었습니다. 다가온 어려움을 에너지로 변화시키는 힘은 마음 속에만 있습니다.

내 아들은 머리에 이상이 있습니다

병원에 아들을 데리고 통원치료를 다녀온 오에 겐자브로는 낡은 침대에 벌렁 누워 한숨을 쉬었다. 병원에서 결정적인 말을 들었기 때문이다. 그렇게 널브러져 있는 그를 그의 아내가 슬픈 표정으로 들여다보고 있었다.

옆을 돌아보니 그의 아들은 아버지의 절망을 아는지 모르는지 그저 평온하게 잠에 취해 있었다.

'나의 아들은 태어날 때부터 머리에 이상이 있는 아이로 태어났다. 그 사실은 이미 알고 있지 않았던가. 그런데 의사의 말이 뭐 그렇게 결정적이라고 이렇게 기운이 빠지는 걸까. 내 불쌍한 아들을 위해서 내가 할 수 있는 일은 내 스스로 절망하지 않는 일이다. 아들을 위하여 소설을 쓰자. 아들아, 너를 위해서 이 아버지가 소설을 써 주마.'

소설은 그렇게 시작되었다. 소설의 내용은 순전히 개인적 체험에서 비롯되었다. 머리에 이상이 있는 아들을 낳고, 병원에 입원시키고, 퇴원시켜서 통원 치료를 다니고, 먹이고 잠재우고 함께 살면서 느낀 것, 고민한 것, 알게 된 것들이 소설의 재료가 되었다. 소설 '개인적 체험' 의 주인공인 버드는 머리에 이상이 있는 아들을 가진 아버지였다. 오에 겐자브로는 인정하고 싶지 않지만 버드는 바로 그의 분신이다.

현실에서는 아들이 정상적인 사람이 될 희망이 없었지만 소설에서만큼은 희망을 버리지 않았다. 그는 아들의 운명이 호전되기를 바라는 마음에서 끝까지 소설을 밝게 끝내려고 고심했다. 소설 '개인적 체험' 을 쓰며 오에 겐자브로가 끝까지 버리지 않은 희망은 그에게 금세기 최고의 문학상인 노벨 문학상을 선사했다.

만약 오에 겐자브로에게 날 때부터 머리에 이상이 있는 아들이 없었다면, 그는 위대한 작가가 되지 못했을 지도 모릅니다.

21

피로를 모르는 연구가

그는 하루종일 새벽부터 밤중까지 바이올린 만드는 일에만 열중했다. 식사시간이 되어 아내가 독촉을 해도 아랑곳하지 않고 오히려 빵과 과일을 작업실로 갖다달라고 하여 작업실에서 먹기가 일쑤였다. 그리고 오로지 연구에만 몰두했다.

밤낮으로 연구를 하던 그는 마침내 자신이 원하던 바이올린을 만들어 냈다.

그의 바이올린은 몸통 중앙부분과 앞판 하반부의 폭을 넓게 만들었기 때문에 곡선이 우아했으며 재료도 겉은 나이테가 고른 소나무, 내부의 보조목은 아주 가벼운 버드나무, 그리고 뒤판은 품질 좋은 단풍나무를 써서 나뭇결이 아름답게 드러났을 뿐만 아니라 바이올린의 무게가 270g도 안되었기 때문에 극히 아름다우면서도 충실한 음을 낼 수 있었다. 그리고 그것은 그가 나무의 정확한 두께를 알고 있었기에 가능한 일이었다.

그의 바이올린은 완벽했다. 따라서 귀족들은 그에게 바이올린 제작을 의뢰했고 그의 바이올린은 점차 명성을 더해오다가 급기야는 오늘날 한 개당 가격이 1억 원을 호가하는, 바이올린 연주자라면 누구나 꿈꾸는 명기가 되었다.

지칠 줄 모르는 열정으로 그 위대한 바이올린을 만들어낸 사람이 바로 안토니오 스트라디바리우스이다. 그는 모두 2,000개의 악기를 만들었지만 지금 현재 남아있는 것은 1,000여 개 정도에 불과하다. 마음에 들지 않는 악기는 그가 모두 불에 태워버렸기 때문이다.

왜 유독 그의 바이올린이 신비롭고 매혹적인 음을 내는지 그 이유를 밝히기 위해 지금껏 많은 사람들이 노력했지만 아무도 풀지 못했다. 그리고 그것은 아마도 영원히 풀지 못할 숙제로 남아있을 것이 분명하다. 왜냐하면 스트라디바리우스의 환상적인 선율은 바로 그의 영혼이 함께한 '영혼의 울림' 이기 때문이다.

한가지 일에 몰두하여 최선을 다한 적이 있습니까? 진실로 정성을 다한 일에는 그 사람의 영혼까지 몰입되어 최고의 경지에 이르게 됩니다.

꼴찌에게 박수를

뉴욕의 센트럴 파크에 모여 있던 수백 명의 시민들은 어느한 사람에게 함성과 함께 박수를 보냈다. 그것은 마라톤 사상 가장 느린 주자에게 보내는 격려였다. 어떤 사람은 너무 감격해 눈물을 흘리기도 했다.

98시간 40분 17초, 1만 9천 4백 13등. 바로 뉴욕 시티 마라톤 대회에 출전한 그 선수의 기록이었다. 1시간에 1.6km씩 뛴 셈이었다. 가장 느리게 뛰어 마라톤의 영웅이 된 주인공은 40세의 봅 월랜드였다.

그는 17년 전 월남전에 위생병으로 참전했다가 박격포를 맞고 두 다리를 잃었다. 그러나 그는 불구의 몸으로 캘리포니아주 패사디나시에서 체육교사로 일하고 있으며 마라톤 풀 코스를 두 다리가 아니라 두 팔로 달린 기적의 주인공이었다.

그는 다른 선수들보다 2시간이나 앞서 출발했지만 경쟁이 될 턱이 없었다. 그는 매시간 휴식을 해야 했으며 밤에는 추위와 피로에 지쳐 잠깐씩 눈을 붙여야 했다. 그리고 새벽에 일어나 다시 뛰기 시작했다.

이미 마라톤 경기가 끝난 경기장에는 골인 테이프도 없었다. 그러나 월랜드는 뛰었다. 그의 옆을 스쳐 지나가는 자동차에선 격려의 고함소리가 그치지 않았다.

마라톤 대회 본부는 월랜드의 지칠 줄 모르는 집념에 감동해 경기가 끝난 지 4일이나 지났지만 골인 지점에 다시 테이프를 걸었다.

1백 시간 가까운 사투 끝에 드디어 그는 테이프를 끊고 골인했다.

"성공은 출발에 있지 않고 끝나는 곳에 있다. 나는 그것을 해냈다."
월랜드가 골인 지점을 통과한 후 두 팔을 하늘로 치켜들고 큰 소리로 외친 말입니다.

25

작은 실천이 세상을 바꾼다

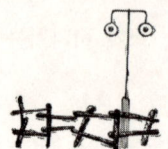

미국과 한국에서 동시에 베스트셀러가 된 〈작은 실천이 세상을 바꾼다〉라는 책의 저자 '대니 서'는 한국인의 피를 이어받은 재미교포 2세 환경운동가이다.

고등학교 시절, 그는 전체 학생 170명중에 169등을 하던 하찮은 학생에 불과했다. 게다가 그는 대학 문턱도 밟아보지 못한 초라한 20대 청년이었다.

그러나 그는 지금 미국에서 손꼽히는 명사로 부상했다.

그가 볼품없는 학력으로 유명 인사 대열에 낀 것은 아주 작은 실천 때문이었다. 자연과 사람에 대한 사랑이 그것이다.

1995년, 열 여덟 살에 불과하던 나이에 그는 사회사업가에게 주어지는 최고의 영예인 〈알베르트 슈바이처 인간 존엄상〉을 받았다. 또 같은 해에 케어즈 선정 〈올해의 젊은이 상〉을 수상하기도 했다.

뿐만이 아니었다. 열 아홉 살이던 1996년에는 〈미국에서 가장 영향력 있는 십대〉에 뽑히기도 했다.

그 모두가 자연을 사랑하고 가난하고 불우한 이웃을 돕는 것에 발 벗고 나선 그의 선행에 주어지는 상이었음은 물론이었다.

그가 자신의 책에서 밝힌 '작은 실천' 은 다음과 같다.

첫째, 다른 사람이 성취한 것을 보고 감명을 받으라는 것이다. 그래서 그는 평소에 "나 자신부터 모범을 보여야 한다. 이것이 바로 다른 사람의 행동을 이끌어내는 유일한 방법이다."라는 슈바이처의 말을 항상 가슴에 품고 있다고 고백한다.

둘째, 모든 정보를 스펀지처럼 빨아들이라는 것이다. 자신이 정한 목표를 이루기 위해 구체적인 방법을 배워 나가야 한다고 그는 역설한다.

셋째, 가장 그가 강조하는 것이 바로 실천이다. 머리로 하는 생각만으로는 아무리 작은 것도 변화시킬 수 없기 때문이다.

세상을 바꾸는 것은 위대한 생각이 아니라 작은 실천입니다. 미래가 있는 사람은 바로 실천이 함께 하는 사람입니다.

두려움 없는 사랑

심한 폐결핵 환자가 시커먼 피를 토하고 쓰러졌다. 인공호흡으로 응급처치를 하지 않으면 숨을 거두고 말 것이 분명했지만 그의 입을 가득 채운 시커먼 피와 또 그가 폐결핵을 앓고 있다는 것을 알고 있는 사람들은 아무도 그의 입에 자신의 입을 대고 인공호흡을 시도하지 않았다.

그때 파란 눈의 한 외국인이 그에게 다가가 자신의 입을 환자의 입에 대고 인공호흡을 하기 시작했다. 스물 아홉의 젊은 나이에 의료 선교사로 한국에 와서 36년간 헌신 봉사한 설대위(David John Seel)박사가 바로 그 주인공이었다.

그는 전주 예수병원 원장으로 일하면서 매일 새벽에 출근하여 환자들을 찾아다니며 용기와 힘을 돋구어 준 사랑의 전령사였다.

후에 사람들이 그에게 '어떻게 결핵 환자의 피 묻은 입에 거리낌없이 입을 가져갈 수 있었는가?' 라고 묻자 그는 간단하게 대답했다.

"당신은 그 환자가 당신의 사랑하는 사람이었다면 어떻게 했겠습니까?"

모두가 가능하다고 생각하는 일을 실행하는 것은 생활입니다. 그러나 모두가 불가능하다고 생각하는 일을 과감히 실행에 옮기는 것, 그것이 바로 사랑입니다.

29

스님의 하나뿐인 제자

탑골 승방의 단청을 칠하는 일이 한창일 때, 열 다섯 살의 소년은 할머니의 권유로 만봉 스님의 제자가 되었다.

열흘 정도 지나자 소년에게 돼지털로 만든 붓이 주어졌다. 기둥에 칠을 하는 일, 바로 단청을 배우는 첫 단계였다. 선배들 옆에서 물을 떠다 주고 붓을 들어주는 일만 하던 소년에겐 너무나 신나는 일이었다. 그러나 그것도 잠시, 그 일은 성에 차지 않았다.

한 달 정도 지났을 무렵, 모두들 잠자리에 든 야심한 밤이었다. 낮에 보았던 단청이 눈에 아른거려 소년은 잠을 이룰 수가 없었다. 결국 촛불을 들고 작업장으로 나갔다. 한쪽 구석에 정리된 붓이 눈에 들어왔다. 그렇게 잡고 싶었던 말털로 만든 붓도 있었다. 순간 노하신 스님의 얼굴이 스쳐지나 갔다. 그러자 오히려 오기가 발동했다. 그래서 붓을 잡았다.

다음날 아침 승방에서는 난리가 일어났다. '누구 짓이냐'는 스님의 노한 말 한 마디에 나이든 선배들까지 움찔거렸다.

"스님, 제가 그랬습니다."

나란히 선 줄 맨 끝에서 땅땅하고 야무진 소년이 앞으로 나왔다. 막내가 한 짓이라니… 언제 스님의 불호령이 떨어질지 몰라 모두들 마음만 졸이고 있었다. 그런데 한참을 노려보던 스님의 입가에선 어느새 미소가 흘러나오고 있었다.

"어허, 그놈 참…"

그 일이 있은 후, 소년의 실력은 부쩍 늘어 바탕을 칠한 위에 밑그림을 새기는 일까지 하게 되었다.

25년의 세월이 지났고 소년도 장성했다. 고등학교 졸업의 학력이 전부였던 그 소년은 단청의 현장 박사라는 칭호를 얻으며 대학 강단까지 서게 되었다. 우리 나라 고궁복원에 앞장서고 있는 그를 만봉 스님은 유일한 제자로 인정하고 있다. 그가 바로 단청전문가 홍창원 님이다.

일에 대한 욕심이 그를 단청전문가로 만들었습니다. 만약 그가 재물에 욕심이 있었다면, 그는 만봉 스님의 제자는커녕 단청전문가도 되지 못했을 것입니다.

지금 할 수 있는 일을 하라

　한쪽 다리를 절단한 채 하루하루 죽음을 기다리며 살아가고 있던 암환자 테리 팍스는 병원 창문 너머로 보이는 나무를 바라보다가 새로운 결심을 하게 되었다.

　'그래, 지난 겨울 그토록 메말랐던 저 나무가 이제 봄을 맞아 푸르게 새로 태어나고 있다. 나도 이렇게 무기력하게 죽음을 맞이할 수는 없다!'

　그는 그와 같이 암의 고통 속에서 괴로운 나날을 보내고 있는 암환자들을 위해 무엇인가 일을 해야겠다고 결심하고 캐나다 암협회에 편지를 보냈다.

　자기와 같은 암환자를 위해 연구기금을 모으고 싶어 캐나다 전국을 뛰겠다는 내용이었다. 그러나 아무런 연락도 돌아오지 않았다. 주변 사람들도 그의 생각을 듣고는 무모한 짓이라며 그를 말렸다.

그러나 테리 팍스의 뜻은 완고했다. 그는 암협회가 그에게 관심을 보이지 않아도, 또 주변 사람들의 만류에도 뜻을 굽히지 않고 자신만의 독특한 마라톤 주법을 개발해 전국을 뛰기 시작했다.

처음에는 몹시 고통스러웠지만 그는 멈추지 않았다. 그렇게 한 달이 지나고 두 달이 지나자 그를 괴롭히던 통증도 한결 나아지기 시작했다. 처음에 반대하던 주변 사람들도 그의 아름다운 뜻에 동참해 그를 도와주었다.

그렇게 8개월이 지났다. 그의 미담을 들은 미국의 한 방송국이 그와 인터뷰를 했고 그 방송이 나가자 캐나다와 미국의 방송국에서 테리 팍스가 뛰는 주행거리를 생방송으로 내보내기 시작했다. 그리고 그 모습을 지켜본 사람들은 암치료를 위한 연구기금을 희사하였다. 그렇게 모인 돈이 2천 7백만 달러였다.

자신의 뜻이 서서히 알려지자 더욱 힘을 내던 테리 팍스는 결국 3천 3백 마일을 달린 뒤 쓰러졌고, 1981년 6월 28일, 마침내 목숨을 잃고 말았다.

그가 마라톤을 멈추었던 캐나다의 선더베이에는 테리 팍스의 동산이 세워져 있습니다. 그 동산은 우리에게 말합니다. 절망하기에 앞서 지금 할 수 있는 일을 하라고 말입니다.

그대가 내 곁에 없을지라도

1955년 말의 어느 날, 뉴욕 플라시드 호수에서 우아하게 피겨 스케이트를 타던 한 쌍의 남녀가 있었다. 남자는 늘 그렇듯이 익숙한 손놀림으로 여자의 허리를 감쌌다. 그런데 그 순간 남자가 빙판에 쓰러지고 말았다. 그는 병원으로 급히 후송되었지만 몇 시간 뒤에 숨을 거두고 말았다. 심장마비였다.

사람들은 신문에 실린 부고를 보고 깜짝 놀라고 말았다. 그리고 미망인을 걱정했다. 세상을 떠난 남자의 이름은 세르게이 그링코프였고, 부인은 에카테리나 고르데바였다.

에카테리나가 세르게이를 처음 만난 것은 겨우 열 살 때의 일이었다. 두 사람은 14년 간 함께 피겨 스케이트를 타면서 올림픽 금메달을 두 번이나 땄고 세계 선수권 대회에서는 네 차례나 우승을 차지했었다.

34

빙상계에서는 아까운 젊은이의 죽음을 애도하면서 그를 추모하는 행사를 마련했다. 당시 쟁쟁한 선수들이 세르게이를 위한 행사에 참여하겠다고 너도나도 나섰다. 그러자 사람들의 관심이 에카테리나에게로 쏠렸다.

세계 최고의 여자 페어 스케이트 선수였지만 사람들은 그녀가 남편의 죽음 때문에 결코 스케이트를 신지 않을 것이라고 생각했기 때문이다. 그러나 그들의 예상은 보기 좋게 빗나가고 말았다. 에카테리나는 세르게이를 추모하는 행사에 참석해서 공연을 하겠다고 나섰던 것이다.

추모행사가 시작되고 에카테리나의 순서가 되었다. 그녀는 사람들의 시선을 받으며 중앙에 섰다. 이전처럼 눈빛을 주고받으며 연기를 할 상대는 없었지만 말러의 5번 교향곡이 흐르자 그녀는 주먹을 불끈 쥐어 보였다. 늘 함께 얼음 위에 섰던 남편은 더 이상 그녀의 곁에 없었지만 늘 그렇듯이 아름다운 연기를 사람들에게 보여주었다. 사람들은 그런 그녀와 세상을 떠난 세르게이를 더욱 뜨겁게 사랑하게 되었다.

사랑하는 사람이 우리에게 바라는 것은 슬픔의 눈물이 아니라 싹싹한 모습일 것입니다. 하루하루를 건강하게, 사랑하는 이의 몫까지 열심히 살아가는 것입니다.

이제 무엇을 원하십니까

1990년 노벨 평화상 후보에 올랐던 이탈리아 출신의 엘리나라는 여인은 '노인들의 어머니' 라는 별명을 갖고 있다.

그는 세계 최대의 양로원을 경영하면서 외로운 노인들을 돌보고 있기 때문이다. 엘리나가 지닌 최고의 덕목은 겸손한 기도였다.

그녀가 일찍이 중국에 선교사로 갔을 때의 일이다. 그런데 목적지로 가는 도중에 그만 폐병에 걸려 본국으로 소환되었는데, 그때 그녀는 이렇게 기도했다고 한다.

"하나님, 이제 병든 저에게 무엇을 원하십니까?"

그녀는 "왜 나를 병들게 했나요?"라고 묻지 않았던 것이다.

기도를 마친 그녀는 부친이 물려준 시골 농장으로 가서 열심히 농사를 지었다. 그리고 그곳에서 번 돈으로 중국 선교를 도왔다.

그런데 또 한 차례의 시련이 닥쳤다. 탈곡을 하던 중 오른손이 기계 속으로 빨리 들어가 잘리고 만 것이었다. 이제는 농사도 지을 수 없게 된 것이다. 하지만 그녀는 또 다른 시련 속에서도 다시 기도의 무릎을 세웠다.

"이제 오른손이 없는 저에게 무엇을 원하십니까?"

그녀는 다시 "어째서 내게 이런 시련을?"이라고 하지 않고 "무엇을"이라고 물었다.

그 뒤, 그녀는 농장을 개조하여 양로원을 세웠다. 버려진 노인들을 부모처럼 모시고 복음을 전하는 삶에서 새로운 기쁨을 찾은 것이다.

실패한 사람에게는 이유가 많지만 성공한 사람에게는 한 가지 이유밖에 없습니다. 바로 '그렇게 되기를 소망했을 뿐입니다.'가 그 유일한 한 가지 이유입니다.

37

추리소설 작가가 된 간호사

이제까지 대부분의 추리소설 작가들은 남성들이었지만 그들 중에 가장 뛰어난 작가로 명성을 날린 사람은 아이러니하게도 여성이었다. 그녀가 바로 아가사 크리스티다.

아가사 크리스티는 자신의 추리소설에서 에스퀼르 쁘와로, 제인 마플, 하이리퀸, 파아커 파인, 토미와 타펜스, 그리고 에반스 경감을 만들어냈다.

그녀는 1차대전과 2차대전 중 각각 간호사와 견습약사로 일할 기회가 있었는데, 견습약사로 일하면서 독약을 다뤄본 경험은 두고두고 그녀의 소설에서 피해자를 안락하게 죽이는데 이용되었다.

크리스티는 아버지를 일찍 여의었는데, 그녀의 어머니는 그녀를 정규교육기관에 보내지 않고 직접 그녀의 교육을 전담했다. 그녀의 어머니는 영국의 중산계급에서 자란 우아하고 엄격한 부인이었고 크리스티는 많은 사람들과 어울리기보다는 혼자서 책을 읽는 것을 좋아했다.

1914년, 스물 세 살의 아가사 크리스티는 1차 세계대전에 참가해 간호사로 일하면서도 틈틈이 작품을 써서 출판사에 보내곤 했다. 그러나 모두 반송되다가 1920년에 〈스타일즈 저택의 살인사건〉이 간행되면서 폭발적인 인기를 누리게 되었다. 이 책의 출판으로 시작된 추리작가로서의 그녀의 삶은 이후 50년에 걸쳐 무려 80여권의 소설을 쏟아내는 정열의 분화구가 되었다.

그녀는 83편의 추리소설과 17편의 추리극을 써서 세계 1백 3개 국어로 번역되었고 3억5천만 부 이상의 판매 부수를 올린 것으로 유네스코 통계에서 집계되고 있다. 이는 성서보다도 더 많은 판매 부수를 올렸다. 말하자면 그녀는 세계최고의 베스트셀러작가인 셈이다.

지금 당신이 하고 있는 일이 하찮다고 생각되십니까? 혹은 적성에 맞지 않는다고 생각하나요? 아가사 크리스티는 간호사나 약사를 하면서도 그 경험으로 훌륭한 소설을 써냈다는 사실을 기억하기 바랍니다.

꿈을 키운 소년의 미래

소년 미야자키 하야오는 삼총사, 비밀의 화원, 소공녀, 백경 등, 소년소녀문학과 만화책에 푹 빠져 있었다. 그래서 틈만 나면 자신의 방에서 하루 종일 책을 읽었다. 소년은 훗날 만화영화 감독이 되겠다는 꿈을 가지고 있었다.

그러나 미술 선생님께 정식으로 미술 지도까지 받으면서도 진학하고자 했던 미술대학에는 진학하지 못했다. 아버지의 반대가 몹시 심했기 때문이었다. 결국 가쿠슈인 대학 정치경제학부에 입학했지만 만화 영화 속 주인공들을 결코 잊을 수가 없었다.

그는 시간만 나면 공원으로 나가 동물의 모습을 유심히 관찰하면서 그들의 움직임을 정확하게 스케치하기 위해 근육에 대해 연구했다. 또 인물 데생과 크로키 연습은 하루도 빼놓지 않았다.

만화에 대한 미련을 버리지 못한 그는 대학을 졸업한 후, '토에이 동화'에 입사하여 〈멍멍충신장(63년작)〉이란 만화 영화의 동화 담당으로, 애니메이션 계에 첫 발을 내딛었다.

그는 매우 열심히 일했다. 밤샘 작업을 하면서도 항상 즐거워했다. 그의 성실성을 높이 산 회사에서는 그에게 계속 작품을 맡겼고, 그는 〈장화 신은 고양이〉, 〈하늘을 나는 유령선〉 등의 작품을 통해 자신의 재능을 본격적으로 선보였다.

이후 그는 TV 애니메이션 시리즈의 메인 스탭으로 일하면서 연출을 맡았다. 그 작품이 1978년 작 〈미래 소년 코난〉이었다. 그 만화 영화는 일본은 물론, 전 세계적으로 대단한 성공을 거두었다.

이후 그는 〈이웃집 토토로〉, 〈원령공주〉 등을 연달아 히트시키며 일본 만화를 대표하는 감독이 되었다.

어릴 때 만화를 보고 만화 영화 감독에 대한 꿈을 키운 소년이 나중에 세계적인 만화 감독이 되었습니다. 그는 많은 양의 책을 독파하며 훗날 반드시 만화 영화 감독이 될 것이라는 희망을 단 한 순간도 잊지 않았습니다. 꿈이 바로 사람을 이끌어 주는 힘입니다.

유산으로 남긴 동산 상자

소설가 황순원은 〈소나기〉, 〈독 짓는 늙은이〉 등의 작품에서 아름다운 우리말 표현만을 쓰기로 유명했다. 황동규 시인이 어린 시절인 일제시대에 아버지 황순원에게 물었다.

"왜 우리 집은 일본어를 가르쳐 주지 않아요? 저도 일본어를 배우고 싶어요!"

듣고 있던 아버지는 아들 앞에서 침통한 표정으로 통곡을 하며 말했다.

"내가 자식을 잘못 가르쳤구나."

고집스러우리만큼 우리말을 사랑하고 순수 문학을 지켜왔던 그는 '작가는 작품으로 말한다'는 자신의 생각처럼 소설과 시 이외의 글은 쓰지 않았다. 그리고 사람들과 어울려 술자리를 하게 되면 항상 옆에 술 한 잔을 더 따라두곤 했는데 그 잔은 이미 세상을 떠난 친구 원응서의 잔이었다. 원응서는 그가 한결 같은 마음을 갖도록 도와 준 친구였다.

황순원 옹은 세상을 떠나면서 상자 하나를 유품으로 아들인 황동규 시인에게 남겼다. 황동규 시인은 아버지가 돌아가신 슬픔에 젖어 있다가 한 달이 지난 뒤에야 비로소 그 상자를 열어 보았다. 그리고 그는 그만 눈물을 흘리고 말았다. 상자 속에는 생전 아버지의 청렴하고 소박한 삶이 그대로 담겨 있었기 때문이다. 황동규 시인은 아버지를 생각하며 다음과 같은 시를 남겼다.

"아버님이 유산으로 주신 동산(動産) 상자 한 달 만에 풀어보니/마주 앙 백포도주 5병, 호주산 적포도주 1병, 안동소주 400cc 1병, 짐빔 반 병, 통 좁은 가을꽃 무늬 셔츠 하나, 잿빛 양말 4켤레, 그리고 웃으시는 사진 한 장."

〈홀로움은 환해진 외로움이니〉중에서

당신은 세상에 무엇을 남기고 떠나시렵니까? 소설가 황순원이 남긴 것은 물건들이 아니라 소박한 생활과 아름다운 추억이랍니다.

우주에 가장 가까이 접근한 사람

영국 옥스퍼드에서 한 소년이 태어났다. 소년은 생물학자인 아버지의 영향을 받아 어린시절부터 과학에 무척 관심이 많았다.

그는 1959년 옥스퍼드 대학에 입학한 이후 개인적인 대학생활에도 충실했을 뿐더러 학문에 있어서도 물리학 분야에서 타의 추종을 불허할 만큼 실력을 과시했다.

그 후 케임브리지 대학원에 입학하여 우주학을 전공으로 선택하여 '빅뱅이론' 을 연구해 나가는 과정에 불운한 일이 생기고 말았다.

바로 '근위축성측색경화증' 이라는 전신마비의 병이 든 것이다. 장래가 촉망되던 한 젊은이가 갑자기 장애인이 되어버린 것이다. 그러나 그는 실망하지 않고 나름대로의 새로운 인생을 살기 위해 노력했다.

1974년, 런던의 세인트 제임스 공원이 내려다보이는 백색의 장엄한 건물 안으로 자연과학분야의 명예와 권위를 자랑하는 영국왕립협회의 새 회원 임명장을 받기 위해 휠체어를 탄 한 젊은이가 실려 올려가고 있었다. 낡은 회원명부에 가까스로 서명하고 돌아선 그는 갓 태어난 아이의 미소처럼 환한 웃음을 여러 사람들을 향해 지어 보였다.

협회 역사상 최연소 회원이자 전신불구의 물리학자, 휠체어를 탄 물리학자, 그가 바로 그 유명한 스티븐 호킹 박사이다.

스티븐 호킹은 보고, 듣고, 손가락을 약간 움직이는 것 이외에는 모든 신체기능을 상실한 사람입니다. 그러나 그는 건강한 두뇌 하나만으로 우주에 가장 가까이 접근한 위대한 과학자가 되었습니다.

45

진실만을 말하겠습니다

"꼬박 20년이 걸렸구나."

1994년 5월 27일, 솔제니친은 20년 동안의 망명생활을 마치고 조국 러시아로 돌아왔다. 일흔 살이 넘은 그는 여행에서의 피로를 풀기도 전에 또 다시 여행길에 올랐다.

시베리아 횡단열차를 타고 모스크바에서 7천km나 떨어진 블라디보스톡으로 향했다. 조국의 여러 곳을 둘러보고 싶었기 때문이었다. 반정부주의자라는 낙인과 함께 8년 동안의 수용소 생활. 그 참혹한 기억과 함께 많은 사람들의 얼굴이 떠올랐다. 그의 작품에 감동을 받아 기꺼이 '공범'의 대열에 합류했던 사람들. 그들은 자신의 작품을 타이프로 치거나 마이크로 필름에 담은 뒤 서방세계로 밀반출해 주었다.

결국은 수갑이 채워진 채로 해외추방을 당했지만 100여 명이나 되는

46

그 사람들의 도움으로 그의 책은 세상에 나올 수 있었고 노벨 문학상의 영광도 안게 되었다. 하지만 아직도 그에겐 지워지지 않는 상처가 남아 있었다. 작업도중 KGB의 급습을 받아 모진 고문 끝에 그만 작품의 은닉처를 밝히고 만 엘리자베타 보로냔스카야. 그녀는 아파트에서 숨진 채로 발견되었고 시신은 부검절차도 없이 매장되어 버렸다. 솔제니친의 마음은 착찹하기만 했다.

드디어 솔제니친이 긴 여행을 끝내고 돌아왔다. 그가 도착하자 수십 명의 기자들이 몰려들었다. 2천명에 육박하는 군중들도 몰려들었다. 솔제니친은 연단에 올라섰다. 어수선한 분위기 속에서 그는 입을 열었다.

"지난 8주 동안 많은 사람을 만났습니다. 빈곤에 찌든 시골 마을과 마구 치솟는 물가, 일자리를 갖지 못하는 젊은이들…, 고통이 이처럼 심할 줄은 몰랐습니다. 그러나 나는 과거에도 그랬듯이, 내 입이 열려 있는 한 러시아를 위해 진실만을 말하겠습니다."

사람들의 뜨거운 박수가 터져 나왔다.

나에게 이익을 주는 것인지, 아니면 불이익을 주는 것인지를 따지기 보다 옳은 것인지, 옳지 않은 것인지를 따지는 것, 그것이 바로 용기 있는 사람입니다.

47

시속 160km의 희망

학교에서 돌아온 소년은 책가방을 내려놓자마자 부리나케 야구공을 집어 들고 거울 앞에 섰다. 그리고 팔을 앞뒤로 빙빙 돌린 후 와인드업 자세를 취한 뒤에 거울을 통해 자신의 폼을 확인했다.

한국에서 태어나 네 살까지 한국에서 자란 소년은 태어날 때부터 손가락이 모두 붙고 다리가 썩는 희귀병을 앓았다. 그래서 자신을 낳은 부모에게 버림받아야 했고, 지금의 양부모를 만날 때까지 아동보호기관에서 자라야 했다.

"너무 밝고 씩씩해서 사람들은 가끔씩 그 아이가 장애인이라는 것을 잊어버리죠."

양아버지의 말처럼 소년은 결코 자신의 처지를 비관하는 적이 없었다. 소년이 미국에 도착하여 LA종합병원에서 두 번의 수술을 받고 손가락이 분리되자 신기한 듯이 손가락을 오무렸다 폈다하며 기뻐서 어쩔줄 몰라 했다. 썩어 가는 다리를 잘라내고 그곳에 의족을 달자 소년은 좀더 야구를 잘 할 수 있게 됐다며 그저 행복한 미소를 한아름 지을 뿐이었다.

소년은 주말마다 열리는 동네 야구 리그의 유격수로 활약했다. 의족에 온몸을 의지해야 할지라도, 친구들보다 달리기가 아주 많이 늦더라도, 소년은 누구보다도 열심히 뛰었다. 소년의 우상이자 영웅은 홈런 왕 베이브 루스였다. 소년은 타석에 설 때마다 랑데부 홈런을 치고 멋지게 그라운드를 도는 꿈을 꾸곤 하였다.

"제 꿈이 뭐냐고요? 베이브 루스처럼 훌륭한 홈런 왕이 되고 싶지만, 전 화가가 될 거예요. 그래서 희망이 있는 세상을 그릴 거예요. 희망을 버리지 않는 사람은 꿈을 꼭 이룰 수 있으니까요."

2001 프로야구 개막전에서 시구를 한 이 소년이 바로 우리나라 프로야구 역사상 최초의 장애인 시구자인 애덤 킹 군(10세)이다. 그 날 잠실 구장에 모인 관중들은 애덤 킹 군이 던진 시속 40km짜리 공 대신, 160km의 속도로 포수 미트 속에 정확하게 꽂힌 그의 희망과 의지를 볼 수 있었다.

자신을 돌아보십시오. 그리고 이 소년과 자신을 비교해 보십시오. 당신에게 불가능한 게 도대체 무엇입니까?

숨은 능력을 찾아라

"싫어, 싫어, 난 절대 부르지 않을 거야."

아주 어릴 때 아버지와 이혼한 어머니는 자꾸만 그녀에게 재혼한 남편을 '테드 아저씨'라고 부르게 했다. 하지만 그녀는 계부를 다정하게 '테드 아저씨'라고 부를 수가 없었다.

계부는 쇼 비즈니스를 하는 사람으로 쾌활한 성격에 사람들에게 인기도 좋았지만 그녀는 계부가 마음에 들기는커녕 밉기만 했다. 그렇게 그녀가 그를 싫어함에도 불구하고 계부는 그녀를 몰래 지켜보고 있었다. 그리고 제2차 세계 대전 당시 영국에 있는 방공호에서 그녀가 아카펠라로 노래하는 것을 보고 그녀가 무대에서의 재능이 뛰어나다는 것을 알아차렸다.

그리하여 그녀가 일곱 살이 되자 계부는 그녀를 노래 교습소에 보내기 위해 그녀를 설득했다.

계속해서 설득하고 밀어붙이는 계부의 끈질긴 작전에 그녀는 화가 치밀었지만 워낙 강경하게 나오는 계부인지라 어쩔 수 없이 노래 교습소에 다니기 시작했다. 그런데 억지로 시작한 노래가 어찌된 일인지 하면할수록 점점 즐거워졌다.

그때부터 그녀는 자신감을 찾기 시작했고 비로소 자기의 길을 찾은 듯 했다. 이후 그녀는 뮤지컬 '남태평양'에 출연하는 기회도 맞게 되었다. 물론 뒤에서 도와준 계부의 덕분이었다.

그녀는 열세 살 때 최연소 가수로 뽑혀 영국 왕실에서 공연을 하는 영광을 차지하였으며 열아홉 살이 되자 미국 브로드웨이의 스타로 떠올랐다. 그리고 많은 뮤지컬 영화에 출연하게 되었다.

계부로 인해 억지로 마이크를 잡았던 그 소녀가 바로 '사운드 오브 뮤직', '메리 포핀스' 등으로 알려진 뮤지컬 배우 줄리 앤드루스이다. 훗날 영화배우로 성공한 그녀는 자신의 계부에게 이렇게 전했다.

"저를 노래 교습소에 보내주셔서 감사 드립니다. 비로소 그때 전 제자신을 찾을 수 있게 되었습니다."

당신의 숨은 재능은 무엇입니까? 당신 속에 깊이 감추어져 있는 재능을 찾아내십시오. 그게 힘들다면 주변 사람들을 애정의 눈으로 살펴보아 그들의 재능을 발굴해 주십시오.

51

참새와 죄수

로버트 스트라우드. 그는 살인범으로 캔자스 주의 한 교도소에 수감되어 있었다. 성질이 포악한데다가 무뚝뚝했던 그는 동료 죄수들과 자주 싸움을 벌여 교도관들에게도 미움을 받았다.

어느 날, 그는 어머니가 집에서 2천 마일이나 떨어진 교도소로 면회를 왔으나 교도관이 핑계를 대면서 자신을 만나지 못하도록 했다는 사실을 알게 되었다. 로버트는 식사 도중에 그 교도관과 다툼을 벌이다, 곤봉으로 머리를 치려는 그를 흉기로 찔러 죽이고 말았다. 그는 그 일로 교수형을 선고받게 된다.

그러나 아들이 사형수가 되었다는 사실을 안 어머니는 백악관으로, 토머스 우드로 윌슨 대통령의 부인을 찾아가 사형만은 면하게 해달라고 눈물로 사정했다. 어머니의 정성으로 결국 로버트는 교수형을 받기 수

일 전에 가까스로 무기형으로 감형될 수 있었다.

그러나 아무런 희망도 없이 죽을 때까지 독방에서 살아야 하는 그에게 인생의 의미가 있을 리 없었다. 자살도 여러 번 생각해 보았다. 그러나 어머니를 생각하면 죽을 수가 없었다.

일단은 살아보기로 마음을 정하고 하루 하루를 보내고 있던 어느 날이었다. 비가 억수같이 내리는 날이었지만 그는 하루 15분 간의 운동 시간을 감방에서 보내고 싶지 않았기에 비를 맞으며 운동장에서 산책을 했다. 그러다가 기운이 없어 울지도 못하는 참새 한 마리를 발견하고 감방으로 데려와 키우기 시작했다.

바퀴벌레를 잡아서 먹이는 등의 지극한 간호 끝에 참새는 건강을 회복하여 날아가고, 그에게는 대신 카나리아 한 쌍이 생기게 되었다. 로버트는 다시 모든 정성을 다해 그 카나리아를 번식시켜 다른 감방에서도 새를 키우게 했다.

그런데 웬일인지 새들이 시름시름 앓다가 죽는 것이었다. 그는 질병의 원인이 무엇인지 밝혀내기 위해 교도소에 비치된 관련 서적들을 밤새워 읽고, 어머니에게 부탁하여 각종 약품을 들여보내도록 했다. 열심히 실험을 계속한 끝에 마침내 그는 그 질병의 정체와 치료법이 무엇인지 밝혀냈다.

그는 세계적인 학술지에 논문이 게재되는 영광을 누렸지만, 세상 사람들은 그가 박사 학위는커녕 초등학교 3학년을 겨우 끝낸 무식쟁이라는 사실을 몰랐다.

그의 인간 승리는 〈캔자스 시티 스타〉라는 일간지에 크게 실리면서 비로소 세상에 널리 알려지게 되었고, 신문 기사를 보고 면회 온 여인과 결혼하는 행운도 얻게 되었다. 그는 그후에 책을 써서 세계적인 조류 전문가라는 소리를 듣게 되었지만, 무기형만은 면할 수 없었다.

그렇지만 감방 안에서 하는 일없이 그저 세월만 보냈다면 세계적인 조류 학자로서의 로버트 스트라우드는 없었을 것이 분명하다.

스스로 하고 싶은 마음만 있다면 환경은 문제가 되지 않습니다. 진정으로 원하는 것이 있다면 도전해야 합니다. 로버트는 감옥 속에서도 자신이 할 수 있는 일을 찾지 않았습니까?

내 목숨은 가난한 사람들의 것

아르헨티나 페론 대통령의 부인이었던 에바 페론은 빈민굴의 사생아로 태어나 삼류배우를 전전하다가 퍼스트 레이디가 된 여인이다. 그녀는 이후 아르헨티나의 노동자와 빈민층, 그리고 여성들로부터 '성(聖) 에비타' 로 추앙받은 인물이다.

에바는 1919년 5월, 아르헨티나 초원의 한 작은 마을에서 태어났다. 그리고 14세 때에 누덕누덕 기운 스타킹에 마분지로 만든 옷가방을 들고 흥행업자 사무실을 기웃거리며 다녔다. 그러다가 운이 좋으면 삼류극단에서 단역을 맡기도 했다. 그러나 대부분 끼니를 걸러야 했고 그때마다 여러 남자들에게 신세를 지는 등 극단적으로 비참한 생활을 이어가야 했다.

그러다 24세가 되었을 때 그녀는 두 가지 행운을 잡게 된다. 바로 라디오의 고정 프로그램을 맡은 것과 육군 대령 후안 페론을 만난 것이 그 것이다. 48세의 홀아비였던 후안 페론은 에바의 열정을 보고 자신의 동 반자로 낙점한다. 그리고 그 다음해 페론이 노동부 장관에 오르자 에바 는 최고의 출연료를 받는 스타로 부상하게 되었다.

에바는 애인의 출세를 위해 헌신적으로 일했다. 1945년 대통령에 출 마한 페론이 그를 반대하는 사람들에 의해 연금당하게 되자 그녀는 지 갑에 수류탄과 돈을 넣고 다니며 밤낮없이 노동자들을 찾아가 설득하여 총파업을 일으키도록 유도하기도 했다. 결국 총파업은 성공적으로 이루 어져 페론은 풀려나게 되었고 그와 동시에 에바와 결혼한 페론은 그 다 음해 대통령에 당선되었다.

에바는 퍼스트 레이디가 된 이후에도 항상 노동자들의 편에 서서 그 들을 극진히 보살폈다. 그녀는 하루도 빠짐없이 오전은 빈민가를 찾아 가 그들을 돕는데 시간을 바쳤다. 언제나 그녀를 만나려고 찾아오는 사 람들을 모두 직접 만났고 그들의 하찮은 부탁이라도 귀담아 듣고 즉석 에서 해결해주곤 하였다.

이후 암에 걸려 의사로부터 절대안정을 취해야 한다는 권유를 받았지 만 그녀는 아랑곳하지 않고 하루에 몇 시간씩 노동자들을 만나러 다녔 다. 지독한 가난을 경험한 에바는 '내 목숨은 가난한 사람들의 것' 이라 고 말하며 몸을 혹사시켜 죽음을 재촉한 것이었다.

어떤 사람들은 그녀를 독재를 부추겨 아르헨티나를 파멸로 이끌었다 고 비난하기도 하지만 아직도 수많은 노동자와 가난한 사람들은 그녀를 그리워하고 있다. 힘있는 사람들보다 힘없는 사람들 편에 섰던 그녀이기 때문이다.

돈이 많고 힘이 강한 자 옆에는 항상 많은 사람들이 있습니다. 그러나 가난하고 약한 사람 근처는 항상 비어 있습니다. 비어 있는 그곳을 채우는 것이 바로 사랑입니다.

오체불만족

〈오체불만족〉이라는 책으로 유명한 일본의 오토다케 히로타다라는 팔과 다리가 없는 청년이다.

그가 처음 태어났을 때, 병원 측에서는 너무나 흉측한 그의 모습을 보고 산모가 충격을 받을까 두려워, 산모에게는 '아이에게 황달기가 있다'는 말로 속이고 한 달 동안이나 아이를 보여주지 않기도 했다.

그러나 한 달 뒤에 아이를 품에 안은 어머니는 흉측한 그의 모습에 아랑곳없이 아기를 보며 "귀여운 우리 아기!"라고 말하며 환하게 웃었다고 한다.

그리고 그가 장애인이라는 사실에 아랑곳하지 않고 그를 정상인과 똑같이 키우려고 노력했다. 오토다케도 부모의 노력을 아는 듯이 팔 다리가 없어도 엉덩이로 이동했고 수영도 배웠으며 미식축구까지 할 정도로 활달하게 자라났다.

뼈를 잘라내는 큰 수술을 두 번씩이나 받아 등에 보기 흉한 상처가 V자 모양으로 생겨났지만 그는 전혀 개의치 않았다. 그의 부모는 오토 다케에게 틈만 나면 말하곤 했다.

"오토, 네 등에 있는 흉터 자국의 뜻을 알아? 그건 바로 승리(VICTORY)를 뜻하는 상징이란다."

결국 그는 베스트셀러 작가이자 가장 인기 있는 강사로 활동하고 있다. 그의 책 〈오체불만족〉은 일본에서만 300만 부 이상이 팔려나갔다. 그는 그의 책에서 이렇게 말하고 있다.

"장애가 있긴 하지만 나는 인생이 즐겁습니다."

팔과 다리가 없어도 행복한 인생을 영위할 수 있습니다. 그러나 고난을 이기는 의지와 긍정적인 마음가짐이 없다면 튼튼한 팔과 다리가 있다고 해도 분명 불행한 인생을 살아갈 것입니다.

열정으로 2등의 자리를 지키는 사람

미국 매사추세츠주 로렌스에서 출생한 번스타인은 1943년 뉴욕필하모닉의 부지휘자가 되었다. 그러나 그의 앞에는 엄청난 명성을 지닌 상임 지휘자 발터가 있었다. 결국 2인자에 머물 수밖에 없는 상황이었다. 그러나 그는 불만을 터뜨리지 않고 항상 자신의 책무에만 조용히 최선을 다하였다.

그러던 어느 날, 발터가 갑작스런 병으로 자리에 눕게 되자 뉴욕필의 관계자들은 모두 긴장할 수밖에 없었다. 공연 날짜가 바로 코앞이었기 때문이었다. 그들은 어쩔 수 없이 아직 풋내기에 불과한 번스타인에게 발터의 대역을 시키기로 결정하였다. 다른 방법이 없었기 때문이다.

그러나 번스타인은 발터의 대역을 맡아 훌륭하게 임무를 수행하였을 뿐더러 이름을 떨치게 되었다.

그 후 번스타인은 지휘자로서 미국 · 유럽 등지를 순회하는 한편, 작곡가 · 피아니스트 · 음악해설가로도 명성을 떨치고 1957년 뉴욕필하모닉의 상임지휘자, 이듬해 음악감독으로 취임하였다. 결국 세계적인 지휘자로 올라선 것이었다.

어느 기자가 그에게 물었다.

"선생님이 지휘를 할 때에 수많은 악기 연주자들 중에 가장 다루기 힘든 연주자는 어떤 악기의 연주자입니까?"

그러자 번스타인이 대답했다.

"제 2 바이올린입니다. 바이올린 연주에 있어서 제 1 바이올린이 주인공이라고 할 수 있지만 제 1 바이올린과 똑같은 열정을 가지고 제 2 바이올린을 연주하는 사람을 만나기는 아주 어렵기 때문입니다. 제 1 연주자는 많지만 제 2 연주자는 너무 적습니다. 그러나 만약 제 2 연주자가 없다면 아름다운 음악은 영원히 불가능한 것이지요."

우리는 모두 1등에만 매달리고 있습니다. 2등과 3등 그리고 꼴찌의 아름다운 조화는 모르고 있습니다.

오늘의 시련, 내일의 극복

플라시도 도밍고, 루치아노 파바로티와 함께 '테너 빅3'로 불리는 호세 카레라스. 세계인들은 그의 목소리를 '신이 준 선물'이라고 극찬한다. 그러나 카레라스가 극도로 힘겨운 고난의 강을 건넌 후 훨씬 감동적인 노래를 들려주고 있다는 사실을 아는 사람은 드물다.

1987년은 카레라스에게 인생의 전환점이었다. 그는 백혈병 판정을 받고 절망했다. 그리고 그는 2년 동안 노래를 중단하고 힘겨운 투병생활을 했다. 그러나 백혈병이라는 무서운 병을 이겨내고 그가 다시 설 것으로 생각하는 사람은 아무도 없었다.

사람들은 그의 재기를 의심했다. 그러나 그는 불굴의 의지로 백혈병을 이겨내고 다시 한번 신의 목소리를 세계인들에게 선물했다.

카레라스는 최근 한국에서 콘서트를 가진 후 이렇게 말했다.

"한국의 백혈병 환자들을 위해 무엇인가를 하고 싶습니다. 그 방법을 내게 가르쳐주십시오."

고난의 강을 건너본 사람은 인생의 폭도 그 만큼 넓어집니다. 오늘의 시련은 내일의 삶을 가치 있게 만드는 좋은 재료이기 때문입니다. 다만 지금 이 시간이 약간 힘들뿐, 그 강을 건너서면 새로운 세상이 우리를 기다리고 있습니다.

가진 것이 많을수록 줄 수 있는 것은 적습니다

테레사 수녀가 노환으로 쓰러졌다는 소식이 전해지자 캘커타에 있는 사랑의 선교회 본관 앞에는 수많은 수녀와 빈민들이 모여 기도를 올렸다. 종교가 다른 힌두교도와 회교도, 시크교도들도 모두 모여 테레사 수녀의 쾌유를 빌었다.

노환에 심장질환과 말라리아의 합병증으로 사람들의 마음을 안타깝게 한 테레사 수녀. 그녀의 질병의 원인은 평생을 구부린 자세로 병약자를 돌본 데 있었다.

1948년. 테레사 수녀는 캘커타의 세인트 마리 여고에서 지리 교과목을 가르치고 있었다. 교장까지 지내며 제자들을 가르치는 일에 충실하였다. 열 여덟 살의 나이로 교단에 들어와 수녀 견습생활을 마친 뒤 20년 동안 해 온 일이었다.

그러나 제2차 세계대전 중 수 백만 명의 사람들이 죽음으로 내몰리는 것을 본 그녀는 캘커타의 슬럼가에 들어가기로 결심하고 바티칸의 교황청에 허락을 구하였다.

교황청에서는 그녀에게 3년의 기한을 주고 슬럼가의 열악한 조건을 어떻게 극복해 내는지 지켜보기로 했다.

캘커타시로부터 폐사원 한 구석을 얻은 테레사 수녀는 고아, 나환자, 무의탁노인 등 버림받은 이들을 불러모았다. 제자들과 손을 잡고 버림받고 갈 데 없는 모든 사람들을 감싸안았다.

그렇게 단돈 5루피로 시작한 '사랑의 선교회'는 마침내 바티칸의 심금을 울렸다. 1957년 교황청에서는 캘커타에 새로운 교단의 설립을 허용하였고 50여 년이 지난 지금, 전세계 3천 5백 명의 수녀와 수만 명의 자원 봉사자들이 뜻을 함께하고 있다.

"가진 것이 많을수록 줄 수 있는 것은 적습니다. 가난은 놀라운 선물이며 우리에게 자유를 줍니다."

그러나 정작 자신을 위해 한 것이라곤 하나도 없었던 테레사 수녀. 그녀가 세상의 인연을 다하고 하늘나라로 돌아갈 때, 그녀가 가진 것이라곤 입고 있는 푸른 줄이 쳐진 하얀 옷 한 벌뿐이었다.

테레사 수녀가 남기고 간 것은 하얀 수녀복 한 벌뿐입니다. 그러나 그녀가 떠나간 세상에는 커다란 구멍이 뚫려 있습니다. 그 빈 자리를 이제 우리가 채워야 합니다.

이젠 돌려드리겠습니다

평생을 전통무용에 바친 김천흥 님. 이 시대의 진정한 춤꾼인 그는 중요무형문화재 1호인 종묘제례악의 해금과 일무, 그리고 39호인 처용무, 두 가지에서 모두 인간문화재로 지정 받았다.

그는 민속무용뿐 아니라 해금과 아쟁, 양금, 정가는 물론 악보편저 등 악, 가, 무를 겸비한 만능 예술인이기도 하다.

김천흥 선생은 1909년 서울에서 태어나 13세 때 이왕직 아악부원 양성소 2기생으로 들어가 음악과 인연을 맺었다. 가난한 목수였던 아버지 밑에서 궁색한 삶을 살면서 전세, 월세집을 전전하던 중이었다.

그러나 그는 이듬해 순종황제 50수 잔치 때 무동으로 뽑혀 임금 앞에서 춤을 춘 마지막 춤꾼이 되었다. 이때 궁중무용과 인연을 맺게 된 그는 평생을 궁중음악과 궁중무용 전승에 혼신을 다하게 된다.

사라질 위기에 처한 궁중무용을 복원하기 위해 춤 40여 종을 발굴하였고 수많은 창작발표회도 가졌다.

　　그러나 그 수많은 작업과 공연에는 어쩔 수 없이 돈이 들어가야 했으며 그는 그 돈을 감당하기 위해 남의 돈을 빌려서라도 발표회를 열었다. 당연히 이사도 수없이 다녀야 했다. 발표회를 할 때마다 돈을 끌어다 썼으니 부인의 고생도 이만저만이 아니었다. 살림은 궁핍하게 쪼그라들기만 했다.

　　아직도 둘째 아들 내외와 전세 아파트에 살고 있지만 그는 후학들을 위해 두 번에 거쳐 1억 원이나 되는 장학금을 기탁했다. 아버지의 뜻을 알고 정성을 모아 보내준 네 자녀의 돈과 집을 팔아 마련한 돈을 합친 것이었다.

　　스스로도 풍족하지 않은 삶을 살면서 그렇게 큰돈을 쾌척한 이유를 묻는 사람들에게 그는 이렇게 말한다.

　　"내가 이만큼 된 것은 국악계와 무용계 덕분이니 내가 돈을 주는 게 아니라 예전에 받은 것을 돌려주는 것 아니겠나?"

　　꽃 한 송이가 활짝 피어났을 때, 그 공로는 누구의 것입니까? 따스한 햇살과 촉촉한 빗줄기, 그리고 맑은 공기와 적당한 양분의 좋은 땅, 그 모두가 노력한 결과입니다. 결코 꽃 혼자서는 아무 것도 이룰 수 없는 것입니다.

내 아들의 꿈을 위해

1884년 어느 젊은이가 세상을 떠났다. 그리고 꽃다운 아들의 죽음을 몹시 슬퍼하던 부모는 그를 기념하는 건물을 세우기로 결심했다.

부부는 그 일 때문에 당시 하버드 대학교 총장으로 있던 찰스 엘리엇을 만나기로 미리 예약을 해 두었다.

약속 시간이 되어 수수한 차림의 부부가 총장실에 들어서자 엘리엇은 의례적으로 두 사람에게 인사를 건넸다. 부부가 엘리엇 총장에게 아들을 위해서 기금을 기부하고 싶다는 생각을 밝히는 순간 엘리엇이 그들의 말을 가로막으며 말했다.

"혹시 아드님을 기념하는 장학금을 생각하고 계신 것 아닙니까?"

그러자 부인이 말했다.

"아닙니다. 우리는 그보다 좀더 구체적인 것, 즉 건물 같은 것을 생각하고 있습니다."

그러자 엘리엇은 짐짓 걱정하는 투로 말했다.

"건물을 세우는 데 들어가는 비용은 만만치 않습니다. 그러니 수준에 맞는 것으로 생각을 바꾸시는 게 어떠시겠습니까?"

엘리엇의 생각을 확인한 부부는 서로 얼굴을 바라보고 난 뒤에 아무 말 없이 총장실 문을 나섰다.

그러나 그로부터 1년이 지난 후, 엘리엇은 책상을 치면서 크게 후회하게 되었다.

한 해 전에 아들을 기념할 수 있는 건물을 짓기 위해서 하버드 대학교 총장을 찾아와서 의논했던 그 노부부는 리랜드 스탠포드 주니어 대학교 캠퍼스 안에 자신들의 생각을 실천했던 것이다. 그리고 기념관 건립에 소요된 비용이 무려 2천 6백만 불이나 되었다.

그 학교는 오늘날 스탠포드 대학교로 더 잘 알려져 있다.

사람을 만났을 때, 그 사람의 옷을 보고 그를 판단하지 마십시오. 그 사람의 눈빛과 행동으로 그를 판단해야 합니다. 눈 속에는 의지가 행동에는 실천력이 포함되어 있기 때문입니다.

시대를 앞서 가라

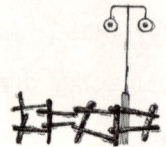

디자이너 가브리엘 샤넬이 파리 패션을 움직였던 시기는 1920년대와 1930년대다. 그 시기는 바로 파리 패션이 부르조아시대와 결별하고 대중민주주의 시대를 준비하는 접점에 있었다. 두 시대를 확실하게 구분해 주는 것이 바로 샤넬이다.

마룻바닥을 쓸고 다니던 귀족풍의 긴치마를 무릎 길이로 잘랐고 깃털이나 꽃장식 등을 모두 모자에서 끌어내렸다. 또 재력과 지위의 지표였던 보석을 색유리로 대체해 대중화 시켰다. 핸드백 대신 어깨에 매고 다닐 수 있는 숄더백을 고안해 여성을 좀더 활동적으로 만들어준 것도 그녀다.

샤넬이 파리 패션가에 등장한 것은 1913년이었다. 그의 나이 서른 살 때였다. 처음 그녀는 모자가게를 냈다. 화려한 모자들 틈바구니에서 샤넬의 장식 없고 단순한 모자는 곧 호기심 많은 상류사회 여성들의 시선을 끌기 시작했다.

그러나 모자 상표였던 '샤넬 모드'가 본격적으로 의류패션에 진입한 것은 1차 세계대전이 시작되던 1914년이었다. 피난지인 도이빌로 간 샤넬은 전쟁이 길어지자 그곳 여성들을 위해 옷을 만들기로 했다. 그녀는 몸에 붙는 옷을 만들었다. 옷감을 구하기 힘들었기 때문인데 '단순하면서 편하다'는 그녀의 패션 개념은 이렇게 시작되었다.

1920년대부터 1930년대는 샤넬의 전성기였다. 샤넬라인, 숄더백, 모조 액세서리, 샤넬 모자뿐 아니라 나팔바지, 트렌치 코트, 터틀네크 스웨터도 그녀에 의해 대중화됐다. 특히 1924년에 생산된 샤넬 향수는 큰 성공을 거두었다.

전쟁터에서도 패션을 연구하고, 또 그 시대에 맞는 디자인과 상품을 내놓을 수 있었던 샤넬의 능력은 '어떠한 상황에서도 최선을 다한다'라는 아주 단순한 생각에서 출발했습니다.

그래, 한번 더 해보는 거야!

베네수엘라에 사는 라파엘 솔라노는 강둑의 조약돌을 체로 일어 다이아몬드를 찾아내는 것을 업으로 삼는 사람이었다. 그러나 언제나 다이아몬드를 찾아낼 수 있는 것은 아니었다. 몇 달 동안 열심히 일했지만 다이아몬드는 구경조차 하지 못하는 시간이 이어졌다.

함께 작업에 임했던 사람들도 모두 마찬가지로 허탕만 치고 있었다. 결국 모두 지쳐 하나 둘 포기하고 다른 곳으로 옮겨가기 시작했다.

그러나 라파엘은 끝까지 남아 작업을 이어갔다.

그 동안 99만개가 넘는 조약돌을 골라냈지만 모두가 헛수고였다. 결국 그도 절망하기에 이르렀다.

그러나 '100만개는 채우자!' 는 오기가 발동했다. 그래서 '이번이 마지막이다!' 하는 심정으로 체를 넣었다.

그리고 체를 들어올렸을 때, 그는 엄청나게 큰 다이아몬드를 발견하고 말았다. 이제까지 그가 발견한 다이아몬드 중에 최고의 것이었다.

나중에 그 다이아몬드를 감정한 뉴욕의 다이아몬드 감정사 해리 윈스턴은 이 다이아몬드를 최고의 순도를 지닌 다이아몬드라고 말하며 최고의 등급을 매겨 주었다.

포기하고 싶은 순간, 마지막 혼신의 힘을 다하여 다시 도전하는 끈기가 바로 성공의 열쇠입니다. 그런 끈기가 인생을 바꾸는 힘의 원천입니다.

세상에 남긴 향기

한국의 자랑스러운 첫 사제인 김대건 안드레아 신부가 부제 시절에 잠시 머물렀던 중국의 한 성당의 신자들은 170여 년이 지난 세월에도 불구하고 아직도 '김대건'이라는 이름을 기억하고 있다.

1년이라는 짧은 시간 동안 조선의 청년 부제가 머물렀을 뿐이지만, 그들은 그들의 아들에게, 그리고 그 아들은 또 그의 아들들에게 조선의 청년 김대건의 삶에 대하여 전해주었던 것이다.

김대건 신부는 25년이라는 짧은 시간을 살았던 분이다. 1821년 충청도 솔뫼에서 태어나, 1845년 상해에서 사제로 서품 되었고, 한국에 입국한지 얼마 되지 않아 순교했기 때문이다.

결국 무엇하나 제대로 꽃을 피우기에는 부족한 시간이었다. 그러나 우리는 그분의 짧은 삶을 통해서 사랑의 위대함과 영원함을 배울 수 있다.

참된 사랑이 있다면 우리가 단 1분을 머무른다 해도 그 사랑의 향기는 영원히 지워지지 않기 때문이다.

그는 한국 최초의 사제요, 서양학문을 배운 최초의 유학생이었고, 최초로 6개 국어를 구사한 사람이었으며 우리 역사상 최초로 최장기 여행을 기록하면서 서양 사정에 최초로 정통한 사람이었다.

그러나 그런 모든 것 보다 그를 위대하게 만드는 것은 단 1년 간 머물렀던 외국의 성당에서 아직도 그를 기억한다는, 아주 작은 사실이다.

우리가 이 세상을 떠나갈 때, 우리는 무엇을 남기고 갈 수 있을까요? 또 남아 있는 사람들은 우리를 어떻게 기억해줄까요?

꿈이 있다면 무엇이든 가능합니다

세계적으로 유명한 할리우드의 유니버설 영화사가 들어있는 건물에 한 젊은이가 말끔한 정장 차림으로 들어섰다. 깔끔한 얼굴에 멋진 신사복을 입고 단정하게 검정색 서류가방을 든 청년을 향해 빌딩 경비원이 공손히 인사를 하기도 했다.

청년은 경비원에게 가벼운 목례로 답례를 하고는 엘리베이터에 올라섰다.

그 모습을 지켜보던 동료 경비원이 물었다.

"저 사람이 누구더라? 나도 얼굴이 익은데…"

"글쎄? 하도 많은 사람이 들락거리는 곳이니… 영화사 직원 아니겠어? 하루도 빠짐없이 나타나잖아."

그러나 그 청년은 영화사 직원이 아니었다. 다만 어려서부터 미치도

76

록 영화를 좋아하던 청년일 뿐이었다. 그리고 영화에 대한 열정을 삭힐 수 없어 영화를 만드는 사람들 근처라도 오가며 영화에 대해 무엇인가 배울 수 있을까 하는 욕심으로 몰래 영화사를 드나드는 청년이었다. 그러나 하루도 거르지 않고 나타나는 그를 보고 누구도 의심하는 사람은 없었다.

그는 영화사에 나와 간혹 비어있는 사무실에서 책을 보거나 유명 영화감독들이 영화를 편집하는 것을 어깨너머로 살펴보곤 했다. 그러다 직원들과 얼굴을 익힌 그는, 그를 말단 직원이라고 착각한 직원들의 일을 돕기도 했다.

그러나 1년 뒤, 청년의 정체는 드러나고 말았고 결국 건물 밖으로 쫓겨나고 말았다. 그렇지만 그게 끝은 아니었다. 1년 뒤, 21세가 된 그 청년은 20분 짜리 단편영화를 만들어 세상에 나왔고 할리우드 사상 최연소 감독으로 조명을 받기 시작했다.

그가 바로 세계 영화계를 움켜잡은 '흥행의 귀재' 스티븐 스필버그였다.

이것저것 핑계를 대며 불만을 늘어놓는 젊은이가 있다면 스필버그는 이렇게 말할 것이 분명합니다. "아무 것도 하지 않으면서 무슨 불만이 그렇게 많은가? 무엇이든 해 본 뒤에 말해도 늦지 않을텐데?"

항상 새로움에 도전한 사람

인어공주, 신데렐라, 알라딘, 헤라클레스 등 디즈니 만화영화들과 미키마우스를 모르는 사람들은 거의 없다. 또 미국뿐만이 아니라 일본에까지 퍼져 있는, 전 세계 어린이들의 꿈과 희망의 장소 디즈니랜드를 모르는 사람도 없다.

그러나 이런 '디즈니 신화'를 만들어낸 월트 디즈니는 불우한 어린 시절을 보낸 것으로 유명하다.

그는 힘든 생활 속에서도 틈틈이 종이 조각에다가 석탄으로 농장의 동물을 그렸고, 초등학생 시절 신문 배달을 하면서 신문만화를 보며 만화에 대한 꿈을 키워 갔다.

성인이 된 이후, 그는 자신의 꿈을 실현시키기 위해 광고 대행사의 미술가로 취직하지만 한 달만에 '그림에 재능이 없다'는 이유로 해고되는 아픔을 겪기도 했다.

그러나 그는 실망하지 않았다. 다시 다른 광고 회사에 취직해 광고 영화 제작 과정을 곁눈질로 배워갔으며 이후 직접 영화사를 차려 만화영화 제작을 시도했다.

그가 만든 '미키마우스'의 인기는 대단했다. 그러나 그는 그 인기에 연연하지 않고 다시 새로운 모험에 뛰어들었다.

그는 만화영화에 최초로 소리를 곁들였고, 최초로 색깔을 입혔으며 최초로 1시간이 넘는 장편을 시도했다. 그것이 첫 컬러 장편만화 '백설 공주'였다.

그 영화는 결국 개봉하자마자 2천만 명에 달하는 관객을 끌어 모았고 헐리우드 영화 사상 최고의 매표 수익을 올렸다.

디즈니가 일생에 마지막 큰 사업으로 생각하며 구상한 것은 바로 디즈니랜드였다. 그가 예산 1천 5백만 달러의 어마어마한 디즈니랜드 구상을 얘기했을 때, 주위 사람들은 모두 그가 마침내 완전히 미쳤다고 생각할 정도로 무모한 계획이었다. 그러나 디즈니랜드는 1955년 7월 로스앤젤레스 교외에서 문을 연 이래 지금까지 디즈니영화사에 가장 중요한 돈줄의 하나가 되어 있다.

월트 디즈니가 우리와 다른 점은 현실에 안주하지 않았다는 사실입니다. 그는 항상 새로운 것에 도전하고 항상 새로운 아이디어를 위해 고민하는 사람이었습니다. 그리고 그것이 그의 성공 비결이었습니다.

관찰하고 또 관찰하라

약 500년 전, 미술의 중심지였던 이탈리아의 플로렌스에 한 소년이 미술 공부를 위해 찾아왔다. 그는 대단한 열정을 지닌 소년이었다. 그의 열정을 확인한 사람들은 그가 장차 최고의 화가가 될 것이라고 입을 모았다.

세월이 흘러 청년으로 성장한 그는 어느 날, 교회의 제단을 그리는 일을 담당하게 되었다. 그에게 일을 맡긴 사람들의 기대는 대단했다. 그러나 그는 그림을 그리기는커녕 매일 바다와 산을 돌아다니며 무엇인가 계속 메모만 할뿐이었다.

이상하게 생각한 사람들은 그의 메모장을 슬쩍 훔쳐보았다. 그런데 거기에는 이상한 그림들만 가득했다. 사람의 얼굴과 근육의 모양, 뼈의 생김새를 그린 그림도 있고 갖가지 날짐승과 동물들의 그림도 있었다.

사람들은 안타깝다는 듯 중얼거렸다.

"매일 저렇게 엉뚱한 일에만 에너지를 낭비하고 있었군. 저렇게 해서 언제 그림을 완성할 수 있을까?"

그러나 청년은 사람들의 생각에는 아랑곳하지 않고 자신의 일에만 열중할 뿐이었다.

그는 자신이 무슨 그림을 그리던 그 대상의 본질까지 확실하게 꿰뚫지 않고서는 붓을 잡지 않는 스타일이었던 것이다.

당시 그가 노트에 기록한 많은 그림들은 오늘날 비행기와 자동차, 그리고 에어컨까지 예견하는 것들로 가득하다. 사물의 본질을 파악하여 그 미래까지 감지해내는 능력을 길렀던 것이다. 그 청년의 이름은 레오나르도 다 빈치였다.

그 치열한 장인정신이 세계적인 걸작을 만들 수 있는 밑거름이었던 것이다.

아주 작은 물건이라 하더라도 깊이 관찰하면 세상의 이치가 숨어 있는 법입니다. 아주 하찮은 일이라도 성심을 다하여 진행하면 큰 일을 하는 데 필요한 기술을 익힐 수 있는 것과 마찬가지입니다.

두 번

잘못을 저지른 뒤 스스로 반성하고
상대를 찾아가 용서를 비는 것은 아름다운 일입니다
그러나 그 잘못을 용서해주는 것은 더욱 힘들고, 더 아름다운 일입니다

아버지의 작전

카롤주 셀레스는 그의 다섯 살 난 딸에게 테니스를 가르쳐주면서 딸의 타고난 능력에 감탄했다. 그러나 2주일 후에 딸이 '이젠 더 이상 못하겠어요' 라고 말했을 때, 그는 크게 실망하고 말았다. 그렇지만 그는 딸에게 억지로 테니스를 치게 만들지는 않았다. 그는 딸의 말을 듣고 그것을 그대로 받아들였다. 그리고는 열세 살 난 오빠 졸탄과 연습을 계속했다.

2년 후, 오빠의 성공에 자극을 받았는지, 혹은 질투심에서였는지, 일곱 살 난 모니카는 다시 테니스를 하겠다고 나섰다.

아버지의 작전이 맞아떨어진 것이었다.

재미를 느끼게 해주는 것, 신나게 할 수 있게 만드는 것. 그러기 위해서는 누가 시켜서가 아니라 스스로 하고 싶어서 해야 한다고 생각했기 때문이었다. 이후부터 아버지의 노력은 이어졌다. 어린 딸이 계속 테니스에 흥미를 느낄 수 있도록 테니스 코트를 온통 만화와 봉제인형으로 치장했다.

속도와 힘이 좋았던 모니카는 곧바로 엄청난 주목을 받았다. 1983년 아홉 살의 나이로 12세 이하 부문에서 유고슬라비아의 챔피언이 되었다. 그리고 이후 2년 동안 많은 대회에서 우승을 차지하기에 이르렀다.

결국 선배들을 물리치는 이변이 거듭되면서 모니카는 점점 테니스계 정상을 향해 올라갔다. 모니카 셀레스는 열 네 살에 이미 최정상권 선수들 가운데 서게 되었다.

그것은 바로 테니스 기술보다 먼저 재미를 알게 해 준 아버지가 있었기에 가능한 일이었다.

이스라엘에서는 초등학교에 입학하는 아이들이 교실에 모이면 담임 선생님이 한 명씩 칠판 앞으로 불러 꿀을 한 숟가락씩 먹여 준다고 합니다. 바로 '배우는 것은 꿀처럼 달콤하고 즐거운 일이다' 라는 것을 먼저 가르쳐 주기 위한 것입니다. 많이 배우기 위해서는 배우는 즐거움을 느껴야 하기 때문입니다.

형제의 사랑으로 꽃피는 예술혼

네덜란드의 화가 빈센트 반 고흐의 인생은 결코 화려하지 않았다. 그는 항상 가난과 병마에 시달려야 했기 때문이다.

가난한 목사의 아들로 태어난 고흐와 그의 동생 테오는 돈을 벌기 위해 화구상에 취직했지만 형 고흐는 적성에 맞지 않아 뛰쳐나오고 동생 테오만이 착실하게 일을 하며 형의 그림 뒷바라지를 하게 되었다.

예술적인 열정으로 가득했던 고흐였지만 그림을 그리는 일만으로는 가난을 이길 수 없어 여러 직업을 전전해야 했다. 그리고 그런 힘든 경험이 노동자와 서민들의 비참한 실상을 그림에 담는 계기가 되었다.

1885년, 〈감자를 먹는 사람들〉을 발표하면서 신인상파의 길을 걷게 된 고흐는 그때부터 대담한 터치로 율동적인 선과 밝고 격렬한 화풍을 보여주며 화단의 주목을 받게 된다.

그러나 경제적인 면으로는 나아진 것이 없었다. 오히려 더욱 생활비에 쪼들리게 되었고 결국에는 병까지 얻게 되어 동생 테오의 도움이 없이는 생활조차 불가능해진다.

테오는 형의 작품 속에 숨어 있는 높은 가치를 이해해주는 든든한 후원자였다. 고흐 역시 그런 동생의 헌신과 믿음에 대해 죽는 날까지 고마움을 느끼고 동생을 사랑했다. 그런 가운데 〈자화상〉, 〈해바라기〉 등의 작품을 남겼지만 화단의 특별한 관심을 끌지 못하고 마침내 일생을 마감하고 말았다. 그러나 고흐의 작품은 그가 죽은 뒤에 빛을 발하였고 드디어 세계적인 화가로 인정받게 되었다.

어려움 속에서도 고흐가 그림 그리는 일을 계속할 수 있었던 것은 바로 동생 테오의 격려와 협조 때문이었습니다. 따뜻한 시선으로 바라보는 사랑과 신뢰는 그 어떠한 것보다 큰 힘이 됩니다.

그 무엇과도 바꿀 수 없는 보약

남기심 교수에게는 잊을 수 없는 스승이 있다. 국어학계의 거목이신 고 최현배 선생이다. 지금으로부터 30여 년 전, 남기심 교수가 대학원에 다니는 학생일 때였다. 최현배 선생은 언제나 출석을 부를 때면 이름과 얼굴을 확인하곤 했다. 그러던 어느 날, 수강생이 남기심 교수 한 명뿐인 날이었는데, 그 날도 최현배 선생은 습관처럼 이름을 부르고 얼굴을 쳐다봤다. 그리고는 "자네 기생충 있나?" 하고 물으셨다. 평소에도 몸이 약해서 수척한 얼굴로 학교에 다니던 그는 선생님의 질문에 "아닙니다. 없습니다."라고 대답했다.

그 당시에는 기생충이 하도 많았던 때라 얼굴빛이 좋지 않으면 그런 질문을 하곤 했다. 그러자 선생님은 "그럼 보약을 좀 먹어야겠어." 하셨다. 그는 의례적인 말씀이려니 하고 고개를 끄덕였는데 선생님은 뜻밖에 말씀을 했다.

"내가 좀 사주지."

그 날 이후로 설마 하는 마음에 '언젠가는 보약을 주시겠지' 하고 은근히 기다렸지만 그 해가 다 가도록 아무 말씀이 없으셨다. 결국 남기심 교수는 그때 일을 잊어버리기로 했다.

그러던 12월 어느 날, 선생님이 "자네, 집 약도 좀 그려 놓게. 내가 보약을 좀 샀으니까 가져다주려고 그러네."하시는 것이었다. 8개월 전에 약속하신 보약을 주시겠다는 말이었다.

왜 이렇게 오랜 시간이 지난 다음에야 약을 주시느냐고 물어 보고 싶었지만 감히 여쭤 보지는 못하고 다만 황송하게 약을 받아먹었다. 그리고 나중에야 선생님 댁에서 조교 일을 하는 후배를 통해 그 이유를 알게 되었다.

"선생님은 언제나 계획을 세워 한치의 오차도 없이 당신의 봉급을 쓰시는 분입니다. 식단조차 신문에 난 물가표를 보고 1주일치를 미리 다 짜 놓으시고 그대로 하시거든요. 선배에게 약을 사주시기 위해서도 시금치 석 단 살 것을 두 단으로 줄이고, 무 두 개 살 것도 한 개로 줄여서 8개월 동안 모은 돈으로 사주신 약입니다."

그 약은 세상 그 무엇과도 바꿀 수 없는 귀한 약이었습니다. 사랑과 정성이 담긴 선물이었기 때문입니다.

뜻이 있는 곳에 길이

미국 뉴욕에 살고 있는 조지 웨스팅하우스는 농기구를 판매하는 집의 아들로 태어났다. 어려서부터 아버지의 어깨너머로 기계 만지는 일을 익힌 그는 여러 가지 공구를 가지고 이것저것 새로운 것들을 만들기를 즐겼다.

기계에 관심이 있는 아들을 본 아버지가 하루는 아버지를 도와달라며 파이프를 자르는 일을 시키자 그는 파이프를 자동으로 자르는 기계를 만들기도 했다.

그러던 어느 날, 우연히 기차를 타고 가던 그는 사고를 경험하게 된다. 천만 다행으로 자신은 부상을 입지 않았지만 다른 많은 사람들이 목숨을 잃는 큰 사고였다. 사고 원인은 브레이크 결함으로 나타났다.

그 사고를 경험한 그는 안전하면서도 강력한 브레이크를 만들기로 결심한다. 그러나 기차의 브레이크를 만드는 일이 파이프 자르는 기계처럼 간단한 일은 아니었다.

매일 매일 머리를 싸매고 고민을 거듭하던 그는 잠시 머리를 식히기 위해 근처에 돌아다니는 잡지 한 권을 손에 쥐고 읽기 시작했다. 순간 그의 눈을 사로잡는 기사를 발견했다.

'압축 공기를 이용하여 알프스 산을 뚫다.'

그는 잡지를 탁 내려치며 이렇게 말했다.

"그래, 바로 압축 공기를 이용하여 브레이크를 만드는 거야!"

결국 그는 1868년, 공기를 이용한 새로운 브레이크를 만들어내게 되었고 이 브레이크는 미국 전역의 1만대 기관차에 사용될 정도로 인기를 끌었다.

이후 그는 자신의 브레이크를 이용하여 1백여 개의 특허를 얻어내는 등 큰 성공을 거두게 되었다.

많은 우연이 우리의 삶을 지나치지만 그 수많은 우연을 필연으로 이끄는 힘은 나 자신의 의지입니다. 웨스팅하우스가 브레이크에 대해 골몰하지 않았다면 잡지의 작은 기사는 그저 스쳐 지나가는 우연에 불과했을 것입니다.

사랑의 힘으로 탄생한 시

오데옹 광장을 어슬렁거리던 청년은 공원과 극장 쪽으로 난 갈림길에서 잠시 망설이다 팡테옹 소극장으로 향했다. 희미한 가스등 밑에는 〈내 숙부님의 작업〉이라는 제목이 붙어있었다.

그는 소극장으로 들어가 자리를 잡은 뒤, 눈을 감고 자신의 지난 생애를 돌아보며 생각에 잠겼다.

여섯 살 때에는 아버지가 돌아가시고, 그 이듬해 어머니의 재혼으로 기숙사 생활을 하면서 겪었던 외로움. 문제만 일으켜 퇴학당한 학교 생활, 가난. 그리고 갑작스럽게 받게된 유산으로 영위하고 있는 쓰레기 같은 생활. 허영과 사치…

그 순간, 갑자기 이상한 목소리가 그의 귓가를 울렸다. 눈을 뜨고 무대를 본 순간 그는 탄성을 내질렀다. 무대 위에는 크고 검은 눈을 지닌 이

국적인 혼혈의 여배우가 있었다. 자신이 찾던 이상형이었다.

휴식시간이 되자 그는 극장 안의 꽃 파는 노인에게 달려가 장미꽃 한 다발을 샀다. 그리고 거기에 자기 명함을 끼어 넣고는 그것을 그녀에게 전해달라고 부탁해 두었다.

다음날 청년이 팡테옹 극장으로 들어가자, 꽃가게 노파가 말했다.

"그녀는 당신이 극장 출구에서 자기를 기다려 주지도 않고, 또한 집까지 바래다주지도 않아 몹시 섭섭해하더군요."

꽃을 보낸 자신에게 관심이 있다는 뜻이었다.

그 청년은 샤를르 보들레르였고, 여인은 바로 잔느 뒤발이었다.

얼마 지나 그녀는 그를 '나의 샤를르'라고 부르게 되었고, 뒤발은 그의 연인 이상이 되어 있었다. 보들레르는 그녀가 자신이 숭배하던 미의 여신 뮤즈라고 생각할 정도로 사랑에 빠져들었다. 그리고 그 사랑이 그를 점점 변화시켰다.

이후 보들레르의 시와 예술은 모두 그녀의 영향이었다.

아무런 의욕도 없을 때, 보들레르는 그저 유산으로 돈을 거머쥔 방탕한 청년에 불과했습니다. 그러나 사랑이 그에게 힘을 주었습니다. 돈을 탓하기 이전에 의욕을 탓해야 합니다.

작은 것들이 모여 큰 것을 이룬다

미국 나이아가라 폭포 위에는 커다란 구름다리가 놓여져 있다. 처음 보는 사람들은 '저 엄청난 폭포 위에 어떻게 저런 구름다리를 놓을 수 있었을까?' 하고 의아하게 생각하기도 한다. 또한 사실 그런 다리를 만든다는 것은 매우 어려운 일이기도 했다.

나이아가라 폭포 주변은 폭포의 물살이 너무 세고 물이 깊어 교각을 놓을 수 없는 곳이다. 그래서 모두가 다리를 세우는 것을 포기하고 있었다.

그러나 한 사람이 '그래도 머리를 쓰면 다리를 놓을 수 있지 않을까?' 하는 생각으로 공사를 시작했다. 그는 우선 폭포 한쪽에서 연을 날려 다른 한쪽으로 가게 했다. 결국 연줄 한 가닥이 폭포 양쪽을 연결한 것이다.

그리고 그는 연결된 연줄 끝에 코일을 매어 잡아당겼다. 그리고 다시 그 끝에 철사를 매어 잡아당겼다. 그리고 다시 밧줄을 매어 잡아당겼다.

이렇게 하기를 수십 차례, 결국 폭포 양쪽은 사람이 올라가도 끄떡없는 굵은 쇠 밧줄로 연결되기에 이르렀다.

　그는 그 튼튼한 밧줄 위에 다리를 놓기 시작했다. 드디어 거대한 나이아가라 폭포 위에 다리가 완성되는 순간이었다.

　　엄청난 폭포를 가로지르는 거대한 다리의 시작은 미세하고 연약한 연줄이었습니다. 작은 일들이 모여 큰 일을 이루어내는 것입니다.

휴지통 속의 그림

화가는 열심히 그림을 그리다가 마음먹은 데로 그림이 그려지지 않자 벌컥 화를 내며 그림을 손으로 아무렇게나 구겨 휴지통으로 던져버렸다.

그리고는 괴로움을 이기지 못하고 자신의 머리를 쥐어뜯으며 절규했다. 그리고 며칠 뒤 다시 그림을 그리고 또 다시 그림을 구겨서 휴지통에 던져버리곤 했다.

'아, 나에게 그림 그리는 재능이 이것밖에 안 되는 것일까?'

그는 하루하루 절망의 구렁텅이에서 빠져나오지 못하고 비탄에 잠겨 허우적거렸다.

그러던 어느 날, 잠시 바람을 쏘이러 밖에 다녀온 화가는 아내가 무엇인가 조심스럽게 매만지는 모습을 발견했다. 조용히 다가가 살펴보니 방금 전에 그가 구겨버린 그림을 정성스럽게 펴고 있는 것이 아닌가. 그리고 잘 펴놓은 그림을 벽장 속에 넣어두는 것이었다.

화가는 아내가 밖으로 나간 뒤 벽장을 열어 그동안 자신이 구겨버렸던 그림들을 하나씩 살펴보았다.

절망 속에서 다시 희망이 솟아나는 것을 느낄 수 있었다. 그는 예전에 자신이 구겨버렸던 그림들을 들고 화실로 들어가 다시 재작업에 몰입했다.

천재 화가로 불린 세잔느였고 휴지통 속에서 다시 건져 올려진 작품이 바로 세계의 명작으로 이름 높은 〈목욕하는 여인〉, 〈전원풍경〉 등이다.

행복은 가치의 재발견에서 다가옵니다. 무심코 지나쳐버린 소중한 것들, 가치 없다고 내버렸던 사소한 것들을 다시 건져 올려 가치를 부여해야 합니다. 바로 그곳에 감춰진 미운 오리새끼가 미래의 백조를 꿈꾸며 숨어 있을지도 모르는 일입니다.

가능성을 보는 눈

2차 세계 대전을 소재로 한 영화 〈우리 생애 최고의 해〉는 전쟁으로 불구자가 된 헤롤드 허셀 이라는 사람이 나온다. 그는 공수부대원으로 전쟁에 참가했다가 포탄을 맞고 두 팔을 잃은 것이다.

용감무쌍하고 당당했던 그는 두 팔을 잃은 뒤 참혹한 좌절감에 빠져 허우적거리게 된다.

"나는 이제 아무 것도 아니야! 그저 쓸모 없는 고깃덩어리에 불과하다구!"

그러나 그는 절망 속에서 신앙을 갖게 된다. 그리고 잃은 것은 두 팔에 불과하다는 생각, 아직 잃지 않고 지니고 있는 것이 더 많다는 생각에 이르게 된다. 용기를 낸 그는 의수를 끼고 그 의수를 이용하여 글을 쓰기 시작한다.

영화 속에나 있을 법한 이야기라고 할지 모르지만, 이 영화에서 그 역할을 해낸 배우는 바로 실제로 그 일을 당한 장애인이었다. 그는 이 영화로 인해 아카데미 주연상을 탔으며 그 상금을 상이용사들을 위한 단체에 기부하기도 했다.

아카데미상을 수상한 후 어느 기자가 그를 찾아와 이렇게 물었다.

"당신의 신체적 조건이 당신을 절망하게 만들지는 않았나요?"

그는 단호하게 대답했다.

"아닙니다. 나의 육체적 장애는 오히려 큰 축복이었습니다. 여러분들도 언제나 잃은 것에 집착할 것이 아니라 아직도 남아있는 것들을 생각하십시오. 그리고 남아있는 것을 어떻게 활용할 것인가 연구한다면 잃은 것의 열배를 보상받을 수 있을 것입니다."

잃은 것에만 연연해하고, 지나간 시간에만 연연해하는 사이에도 미래는 다가오고 있습니다. 그 시간 속에서 가능성을 발견해야 합니다.

시련과 고난

세계의 지붕이라고 일컬어지는 에베레스트산. 이 산의 이름은 19세기에 이 산을 발견한 인도의 조지 에베레스트의 이름을 딴 것이다.

이후 1953년까지 세계의 내로라하는 수많은 탐험가와 등산가가 이산을 정복하기 위해 도전했지만 아무도 성공하지 못했다. 시련과 고난, 실패의 연속이었던 것이다. 그 사이에 11명의 목숨을 앗아가기도 했다.

11명의 생명을 잃은 후, 1953년 5월 29일, 결국 이 산은 에드문드 힐러리에 의해 최초로 정복되었다.

그러나 그가 단 한번의 도전으로 쉽게 에베레스트를 정복한 것은 아니었다.

그는 1952년에 처음 에베레스트에 도전하였다가 크게 실패의 쓴맛을 본 경험을 지니고 있었다. 처음 에베레스트 등정에 실패한 후, 영국의 한 단체가 그에게 연설을 부탁했다. 그는 에베레스트 등정에 실패한 것이 부끄러워 쑥스러운 듯 단상에 올라갔지만 많은 청중들은 우뢰와 같은 박수로 그를 맞이하였다. 성공과 실패가 아니라 그의 용감한 도전 정신에 박수를 보냈던 것이다. 도전하지 않는 사람에게는 실패도 없기 때문이었다.

단상에 올라간 힐러리는 청중들에게 이렇게 말했다.

"지난 도전에서는 실패했지만 다음에는 성공할 수 있습니다. 왜냐하면 저 에베레스트산은 더 이상 성장하지 않지만 내 꿈은 계속 자라나고 있기 때문입니다."

결국 그의 의지와 꿈, 그리고 도전 정신은 무럭무럭 자라나 1년 뒤에 에베레스트를 정복하고 말았던 것이다.

도전하지 않는 자에게는 실패도 없습니다. 도전하는 자에게만 실패가 있는 것입니다. 그러나 실패하는 자에게만 성공도 있다는 사실을 잊지 마십시오.

나는 결코 중단할 수 없다

이 시대 최고의 스포츠 스타로 불리고 있는 미국 프로
농구의 황제 마이클 조던. 최근 마흔이 가까운 나이에도 농구에 대한 정
열을 이기지 못해 다시 농구 코트로 복귀한 그는 아직도 녹슬지 않는 현
란한 기량을 선보이고 있다.

그러나 어린 시절 마이클 조던은 농구 천재가 아니었다.

고교시절에는 학교 농구대표팀에도 선발되지 못하는 좌절을 겪고 집
으로 돌아와 목놓아 울기도 했으며 농구 선수로 대성할 가망이 없으니
차라리 공군사관학교로 진학하라는 권유를 받기도 했었다.

그러나 그는 좌절하지 않고 농구화 끈을 질끈 동여매고 연습에 연습
을 이어가 농구의 황제 자리에까지 오르게 되었다.

그는 1994년에 펴낸 〈나는 결코 중단할 수 없다〉라는 자서전을 통해,

당시의 그런 참담한 경험이 자신을 키운 힘이 되었다고 고백했다.

"최고가 되고 싶다면 최고로 향하는 길목마다 작은 목표를 정해놓고 그것들을 하나씩 달성하며 한 걸음 한 걸음 전진하면 된다. 무엇인가 이루기 위해선 다른 방법이 없다. 공짜로 최고가 될 수는 없다. 무엇인가 대가를 지불해야만 한다. 그리고 그 대가는 피 땀 어린 노력뿐이다."

시장에서 물건을 살 때 반드시 그 값을 치러야 하는 것처럼, 인생에서 성공을 하기 위해서도 그 값을 치러야 합니다. 다만 인생의 값은 돈이 아니라 쉬지 않는 노력이라는 점이 다를 뿐입니다.

한 시대를 풍미했던 딴따라

"평화를 노래하던 백성들이 기나긴 세월 동안 쌓인 슬픔의 시를 읊으려 합니다."

당시 상황을 암시하는 '개와 고양이' 라는 자막과 변사의 구슬픈 목소리가 극장 안에 울려 퍼지며 영화 〈아리랑〉은 시작된다. 이내 객석 여기저기서 아리랑을 합창하는 사람들과 조선 독립 만세를 외치는 사람들이 눈에 띈다. 특히 독립 만세를 외치다가 투옥된 뒤 잔인한 고문에 정신 이상이 돼 버린 주인공 영진이 일경의 앞잡이인 기호를 낫으로 찔러 죽이고 석양이 물든 아리랑 고개를 넘어가는 마지막 장면에서 객석은 울음바다가 된다.

1925년 10월 1일 개봉된 영화 〈아리랑〉은 곧 서울 장안에 화제가 되었으며 주제곡 아리랑을 유행시킴으로써 노래를 통해 식민지 시대 대중을 하나로 묶는 역할을 톡톡히 해냈다.

　나운규는 결코 잘생겼다 할 수 없는 외모에 작은 키로 전형적인 미남 배우와는 거리가 멀었다. 그러나 그러한 신체적 여건이 오히려 그를 성격 연기자로 만들었다.

　그의 영화에 대한 열정은 대단했다. 일주일만에 시나리오 한 편을 써냈으며 시나리오가 나올 때는 벌써 머릿속에 연출 대본과 배역, 촬영 계획까지 들어 있을 정도로 천재성을 지닌 사람이었다. 한 번은 그가 제작한 영화가 검열에 걸리자 필름을 가방에 넣고 우미관 지붕에 올라가 "허가를 내주지 않으면 떨어져 자살하겠다!"고 소리쳐 일경 기마대가 출동하는 일이 벌어지기도 했을 정도로 정열적인 사람이었다.

　그는 1937년 36세의 나이로 폐결핵에 걸려 세상을 떠나기까지 촌음을 아끼며 영화에 온 열정을 쏟아 부었다. 영화판에 뛰어든 10년 동안 나운규가 감독하거나 출연한 영화는 30여 편에 이른다. 그리고 대부분 그가 직접 각본을 쓰고 감독하고 배역을 맡아 '영화의 독재자' 라는 별명을 얻기도 했지만 그는 한 시대를 풍미한 진정한 딴따라였다.

　　성공을 위해서는 주변의 많은 도움과 돈, 그리고 시대를 잘 만나야 한다고 말하는 사람이 많습니다. 그러나 그 모든 것이 없더라도 열정만 있다면 가능하다고 나운규는 우리에게 가르쳐줍니다.

미치광이 벤츠

1885년 어느 날 저녁, 만하임 시의 외곽도로를 산책하던 남녀는 기묘하게 붕붕거리고 털털거리는 소음을 듣게 되었다. 이윽고 이상하게 생긴 '마차' 한 대가 어둑어둑한 도로를 따라 질주해오는가 싶더니 순식간에 지나가 버렸다.

"세상에! 말도 없이 달리는 마차가 있다니!"

소스라치게 놀란 처녀는 남자친구를 쳐다보며 소리쳤다.

"겁낼 것 없어! 미치광이 벤츠의 짓이야."

청년은 바로 어제 자기가 다니는 상점 주인한테 들은 이야기를 약혼녀에게 그대로 들려주었다.

"완전히 제 정신이 아닌 한 기술자가 〈라인 가스엔진 공장〉이라는 것을 차려놓고, 보이지 않는 힘으로 움직이는 마차를 만들겠다고 난리법

석을 피운다는 거야."

두 사람은 느린 걸음으로 산책을 계속했다. 그러다가 얼마 후 어느 가로등 불빛 아래 여러 명의 남자들이 삥 둘러서 있는 광경이 눈에 들어왔다. 가까이 다가가 보니 조금 전에 지나갔던 괴상한 마차가 서 있었다. 그리고 높다란 뒷바퀴 사이에서 콧수염을 기르고 마흔쯤 되어 보이는 사내와 그의 아내가 속도조절 바퀴를 돌리기 위해 안간힘을 쓰고 있었다. 둘러서 있던 사람들 중에 한 사람이 말했다.

"진작에 말리지 않던가. 이 냄새나는 물건은 아무 짝에도 쓸모 없다니까."

다른 사람이 자리를 뜨면서 중얼거렸다.

"어디 멍텅구리 발명품을 가지고 더 궁리를 해보시지 그래."

사람들의 조롱과 무시를 숱하게 듣고 난 뒤 어느 날, 벤츠와 그의 부인은 시속 2마일(약 15킬로미터)이라는 획기적인 속력을 내는데 성공하게 되었다. 그리고 새로운 자동차 시대를 활짝 열었다.

어느 한 가지 일에 미치지 않고는 세상을 바꿀 수 없습니다. 에디슨은 발명에 미쳤고, 히틀러는 전쟁에 미쳤습니다. 그들은 모두 세상을 바꾸었습니다. 한 사람은 밝은 세상을, 한 사람은 죽음의 세상을 만들었다는 것이 다를 뿐입니다.

사랑의 발명품

미국의 발명가 아이작 싱어는 가난한 집에서 태어났다. 그는 어릴 때부터 몸이 몹시 허약했다. 결혼을 한 후에도 그의 병치레는 계속되었고, 그는 자주 병석에 누워 아내의 병간호를 받아야 했다.

그의 아내는 가난한 생활 속에서도 항상 명랑하고 쾌활했으며, 삯바느질을 하여 어려운 집안 살림을 꾸려가면서 정성스럽게 남편의 병간호를 하는 착한 여인이었다.

싱어는 그러한 아내를 보면서 자주 눈물까지 흘리며 아내의 고생과 수고에 감사하곤 했다.

마침내 그는 고생하는 아내의 바느질을 도와 줄 기계를 만들어야겠다는 생각을 하게 되었고, 밤낮을 궁리한 끝에 한 가지 아이디어를 떠올렸다.

원래 기계공이었던 그는 당시의 재봉틀을 개량하여 오늘날과 같은 실용적인 가정형 재봉틀을 만드는 데 성공하였다.

그리고 이 재봉틀로 특허를 따낸 싱어는 1851년 뉴욕에 공장을 설립하여 큰돈을 벌었으며, '싱어 재봉틀'로 세계적인 명성을 얻게 되었다. 이후 '싱어'라는 이름은 재봉틀의 대명사처럼 쓰이기도 했다.

오늘의 재봉틀은 삯바느질을 하는 아내에 대한 지극한 사랑에서 고안된 '사랑의 발명품'입니다. 사랑이 성공을 낳았던 것입니다.

진정한 승리자

미국의 골프 선수 아놀드 파머는 1954년 전미 아마추어 골프 선수권대회에서 우승 후 프로로 전향, 마스터스대회 4회, 전미 오픈선수권대회 1회, 전영오픈선수권대회 2회 등 수많은 경기에서 우승하면서 최고의 스포츠 스타로 도약했다.

그러나 어린 시절 아스팔트길에서 넘어져 팔꿈치를 크게 다쳐 왼쪽 팔이 짧은 기형의 팔을 지니고 있다는 사실을 아는 사람은 많지 않다.

어느 날, 그와 함께 실력을 겨루던 골퍼 잭 니클로스가 아놀드 파머의 집을 방문했다. 그런데 파머의 집 응접실에는 낡고 오래된 우승컵 하나만 달랑 놓여 있는 것을 발견하고 이상하게 생각하여 그에게 물었다.

"아니 그 수많은 우승컵들은 다 어디에 두고 달랑 하나만 진열되어 있나요?"

그러자 파머는 빙그레 웃으며 대답했다.

"이 우승컵은 내가 프로 선수가 되어 처음 수상한 것이라오. 나에게는 이 우승컵 하나면 충분했기에 다른 우승컵은 진열해 놓지 않았소. 자, 이 컵에 적힌 글을 읽어보면 내 뜻을 이해해 줄 것이오."

잭 니클로스는 우승컵 가까이 다가가 컵에 적혀있는 글을 읽어보았다. 거기에는 이런 글이 쓰여 있었다.

"만약 당신이 패배했다고 생각한다면 패배한 것이다. 그러나 패배하지 않았다고 생각한다면 패배하지 않은 것이다. 어떠한 사람도 늘 승리를 얻을 수는 없다. 그러므로 진정한 승리자란 자기가 할 수 있다고 생각하는 사람이다."

최선을 다하는 사람은 항상 승리를 가슴에 품고 다닙니다. 오늘 패배하더라도 가슴속의 승리를 포기하지 않는다면 당신은 패배자가 아닙니다.

진리는 반드시 인정받는다

멘델이 살아 있는 동안 그의 유전 법칙을 알아주는 사람은 아무도 없었다. 그는 집안이 가난하여 누이동생이 시집갈 때 쓰려고 모아 둔 돈으로 상급 학교에 진학했고, 대학에 갈 돈이 부족하자 돈이 없어도 연구를 계속할 수 있는 수도원으로 들어가기 위해 스스로 신부의 길을 걸었다. 그리고 신부가 된 후에야 수도원에서 식물 연구를 시작할 수 있었다.

멘델은 수도원 뜰에 완두콩을 심고 인공 교배를 시켜 12,980종의 잡종을 만들어 내면서 완두콩 잡종 연구를 했다.

그는 완두콩이 제2대에서 노란색과 푸른색이 되는 비율이 거의 2대 1이 된다는 것을 발견하게 되었고, 1876년 부륀 자연연구회에서 이 연구 결과를 발표하였다.

그러나 그의 연구에 아무도 관심을 표하지 않았다. 그 후에도 그는 계속되는 연구와 발표를 통해 '유전의 법칙'을 주장했으나, 1884년 그가 사망할 때까지 그의 학설은 아무런 관심도 끌지 못하였다.

멘델은 "내가 연구한 유전의 법칙은 진리다. 반드시 인정받을 때가 올 것이다"라고 자주 말하곤 했는데, 그가 사망한 지 16년이 지난 1900년에야 세상의 주목을 받게 되었다.

그의 이론은 네덜란드와 독일과 오스트리아에 있는 세 과학자에 의해 '멘델의 법칙'으로 자리를 잡게 되었다.

옳은 일을 하면서 남이 인정해주지 않는다고 노여워할 필요는 없습니다. 옳은 일이라면 반드시 세상이 알아주는 날이 오고야 말기 때문입니다.

용서하는 마음

지금은 고인이 된 함석헌 선생이 모교인 오산학교에서 교편을 잡고 있을 때의 일이다.

어느 선생님에게 앙심을 품은 학생들이 분노의 함성을 지르며 교무실로 쳐들어왔다. 그들은 의자를 집어던지고 유리창을 깨뜨리는 등 난동을 부리기 시작했다.

그러자 다른 선생님들은 모두 몸을 피해 다른 곳으로 도망갔지만 유독 함석헌 선생만 미동도 없이 자리를 지키고 있었다. 선생은 고개를 푹 숙이고 줄곧 기도하는 자세로 앉아 있었다.

흥분한 학생들은 고개를 숙이고 있는 사람이 문제의 교사라고 착각하고 그를 향해 욕을 퍼부으며 행패를 부렸다. 그러나 함석헌 선생은 계속 눈을 감고 가만히 앉아만 있었다. 나중에 그가 문제의 교사가 아니라 함석헌 선생임을 알아차린 학생들은 선생을 찾아와 무릎을 꿇고 용서를 빌었다.

"선생님, 죄송합니다. 그런데 왜 선생님은 고개를 들고 우리를 제지하지 않고 그 수모를 당하면서도 계속 눈을 감고 계셨나요? 기도를 올리고 계셨습니까?"

그러자 함석헌 선생이 조용히 입을 열었다.

"기도를 한 것이 아닐세. 그때 내가 눈을 뜨고 자네들을 보았다면 자네들 얼굴을 모두 기억하게 될 것이고, 그렇게 되면 자네들을 용서하기가 힘들어질 것 같아 일부러 눈을 감고 있었던 것일세."

잘못을 저지른 뒤 스스로 반성하고 상대를 찾아가 용서를 비는 것은 아름다운 일입니다. 그러나 그 잘못을 용서해주는 것은 더욱 힘들고, 더 아름다운 일입니다.

그게 바로 납니다

그는 작은 꼬마 시절에 목사가 될 꿈을 가지고 있었다. 그래서 때때로 혼자 빈 의자에 올라서서 목사 흉내를 내며 설교를 하곤 했다. 노래에 천부적인 자질이 있던 그는 전혀 음악공부를 하지 않았음에도 수도원 합창단 단원이 되기도 했다.

청년이 된 그는 열심히 교회에 다니면서 한편으로는 음악 공부도 게을리 하지 않았다. 한때는 앉은자리에서 바그너의 작품 로엔그린을 계속해서 열 번이나 들은 일도 있었다. 또 오페라의 음악을 듣고 이를 재생시켜 다른 친구들에게 들려 줄 수 있을 정도였다. 그는 역사, 철학 예술 등 각 방면의 책을 즐겨 읽었으며 재능 또한 대단했다.

그가 군대에 있을 때 참호를 파고 은폐하여 있는 곳으로 작은 강아지가 한 마리 다가왔다. 그는 그 강아지를 붙잡아 먹이를 주고 부드럽게 쓰다듬어 주었다. 결국 둘은 좋은 친구가 되었다.

그런데 어느 날, 누군가가 그 강아지를 훔쳐가 버리자 그는 슬픔에 잠겨 며칠 동안 제 정신이 아니었다. 그는 사람은 물론 짐승에게도 해를 끼칠 줄 모르는 사람 같았다.

특히 그는 집안이 가난하거나 여타의 결함으로 정상적인 사람들처럼 풍요하고 행복한 삶을 누리지 못하는 사람들을 따뜻한 사랑으로 보살피기도 했다.

그는 서른 네 살 때에 자기 어머니에 대한 훌륭하고 아름다운 시를 써서 사람들에게 어머니를 사랑하라고 권하기도 했다.

이 사람의 이름은 아돌프 히틀러다. 그 사람이 후일에는 지구 역사상 가장 잔인하고 악마적인 사람이 되어 버린 것이다.

우리가 몸에 지니고 있는 모든 재능은 선과 악의 양면으로 쓰여질 수 있습니다. 중요한 것은 재능 자체가 아니라 그것을 어떻게 사용하느냐 하는 것입니다.

악동에서 최고의 세일즈맨으로

아무도 관심을 갖지 않던 껌을 본격적인 상품으로 만들어 거부가 된 리글리는 세일즈에 있어서 천재적인 사람이었다.

소년 시절 리글리는 가출을 일삼는 게으른 말썽꾸러기였다. 그의 부모는 번번이 학교에서 쫓겨나는 아들의 버릇을 고쳐줘야겠다는 생각에 아들에게 노동을 시키기로 결심했다. 그리고 아버지가 운영하는 비누공장에서 나무 막대로 끓는 비누를 휘젓는, 가장 힘든 일을 맡겼다. 힘든 일에 지친 리글리는 차라리 비누 판매원이 되게 해달라고 아버지를 설득하여 아버지로부터 비누 판매점 하나를 받게 되었다.

그런데 판매점을 맡은 리글리는 공손한 태도와 끈기로 일에 매달려 훌륭한 판매 솜씨를 드러내기 시작했다. 그의 부모조차도 믿을 수 없는 일이었다. 학교 공부는 자신이 없었지만 직접 몸을 움직이며 일을 하는 것에 재미를 붙였던 것이다.

서른 살이 된 리글리는 아버지로부터 독립을 하게 된다. 독립한 리글리는 '어떻게 하면 비누를 더 많이 팔 수 있을까' 고민을 하다가 경품을 나누어주자는 생각을 해냈다. 요즘에는 아주 흔한 전략이었지만 당시에는 아무도 생각해내지 못한 일이었다.

그는 화장품, 요리책, 껌 등을 경품으로 주면서 사업을 번창시켜 나갔다. 그런데 그 중에서도 껌의 인기는 압도적이었다. 몇 달이 지나자 "껌만 팔 수는 없냐?"는 문의가 폭주하기 시작했다. 리글리는 여기서 결심을 하게 된다.

"이제는 껌이다!"

그는 모든 것을 정리하고 껌 판매에만 주력하기 시작했다. 그는 전국을 돌며 잡화상 진열대에 껌을 놓고 껌에도 경품을 붙였다. 그리고 음식점 계산대 옆에 껌 판매대를 개설하는 놀라운 아이디어로 성공을 거듭해 나갔다. 결국 그는 껌 제조회사를 인수하여 직접 '리글리 껌'을 제조하기 시작했고 껌 시장의 70%를 점유하는 껌의 대명사로 우뚝 서게 되었다.

리글리는 우리들에게 성공은 스스로 얼마나 적극적이고 창의적으로 나서느냐가 관건이라는 진리를 일깨워주는 증인이라 할 수 있습니다. 남에 뒤를 따르지 말고 앞서 나가야 합니다.

무엇이 보입니까

아들로부터 생일 선물을 받은 어머니는 선물 상자를 펼쳐본 뒤에 웃으며 말했다.

"참 예쁜 스타킹이구나. 하지만 빨간색이라서 교회 갈 때에는 신고 가지 못하는 게 안타깝구나."

그러자 아들이 정색을 하며 말했다.

"아니 어머니! 그게 무슨 말씀이세요? 그건 파란색 스타킹인데?"

어머니는 자신의 눈에 이상이 생긴 게 아닐까 걱정이 되기 시작했다. 그래서 둘째 아들을 불러 스타킹을 보여주었다.

"파란색 스타킹이군요. 그런데 뭐가 문제죠?"

어머니는 의사를 찾아가 자신의 눈을 검사 받아야겠다는 생각에 집을 나서려고 하는데 이웃 주민들이 생일 선물을 들고 찾아왔다가 탁자 위의 선물 꾸러미를 보며 말했다.

"아이고 누가 이렇게 빨간 스타킹을 선물로 줬나요?"

어머니가 아니라 형제가 바로 색맹이었던 것이다. 그러나 이들 형제는 색맹이라는 사실에 좌절하지 않았다. 그들은 오히려 스스로의 눈을 연구의 대상으로 삼아 연구에 몰입하여 색채 심리학과 색맹에 대하여 큰 업적을 남겼다. 이들이 바로 영국의 학자 달턴 형제이다.

그들이 연구를 하기 전까지만 해도 색맹에 대해 올바르게 이해하고 있는 사람은 아무도 없었다. 결국 이후부터 이들 형제의 이름을 따서 색맹을 '달턴이즘(daltonism)' 이라고 불렀다.

색맹은 분명 큰 장애입니다. 그러나 달턴 형제는 그들의 장애를 오히려 장점으로 만들어 세계적으로 권위 있는 학자가 되었습니다. 색맹이 아닌 사람이었다면 결코 이루어낼 수 없는 업적을 쌓았던 것입니다.

성공은 용기 있는 자의 몫

네덜란드에서 태어난 에드워드 보크는 미국에서 '브루클린 매거진' 이라는 잡지를 만든 꽤 이름 난 언론인이다.

초보기자 시절 그는 이름 없는 신문사의 수습기자로 들어갔는데, 어느 날 미국 제19대 대통령 루퍼토스 헤이스의 연설을 취재하게 되었다. 호텔의 연설회장에는 각 언론사 최고의 기자들이 모여 있었다. 경력이 화려한 기자들 속에 보크는 아직 수습기자 딱지도 떼지 못한 초보기자로 모르는 것이 더 많았고 속기 실력 또한 형편없었다.

대통령의 연설이 시작되고 모든 기자들이 바쁘게 연설 내용을 받아 적는 동안 속기에 능숙하지 못한 보크는 내용을 다 적지 못해 쩔쩔매고 있었다. 연설회장이 만찬석이라 간단한 포도주가 테이블에 준비되어 있었지만 보크는 그것조차 마실 여유가 없었다. 연설이 끝나고 대통령이

나가려고 할 때였다.

갑자기 보크가 대통령을 불렀다. 경호원들과 그곳에 모인 사람들 모두 보크의 행동에 놀랐다.

"각하, 연설문의 원고를 볼 수 있을까요?"

대통령은 전에 없던 일이라 조금 의아하긴 했지만 연설 내내 포도주 잔도 옆으로 치워두고 열심히 연설 내용을 받아 적던 보크의 모습을 눈여겨보았기 때문에 선뜻 그의 부탁을 들어 주었다.

"따라오게나."

보크는 대통령을 따라 호텔에 있는 대통령의 집무실로 갔다. 그리고 연설문의 초고를 받았다.

다음날 미국의 신문들 중 유일하게 보크가 기자로 있는 신문사에서만 연설문의 전문을 싣는 특종기사를 낼 수 있었다. 그리고 보크는 이 일을 계기로 일류 기자가 될 수 있었다.

보크를 큰 인물로 키워낸 원동력은 바로 적극적인 자세입니다. 이것 저것 핑계를 대기 전에 용기 있게 적극적으로 나서십시오. 바로 거기에 성공의 열쇠가 있습니다.

트로이의 유적

"나는 어른이 되면 반드시 트로이의 유적을 찾을 것이다."

슬리만은 호머의 서사시를 단순한 허구가 아니라 실재했던 기록이라고 믿었다. 그래서 자나깨나 트로이 성의 모습을 상상하던 그는 발굴작업을 위한 돈을 벌기로 했다.

그는 가게의 점원으로 또 어느 때는 사환으로, 혹은 상인으로 오로지 돈을 버는 데만 열중했다. 그리고 트로이 성 발굴에 필요한 충분한 자금이 확보되었을 때 그는 이미 마흔 여섯 살의 중년이 되어 있었다.

하지만 머릿속에는 여전히 소년시절의 꿈이 그대로 남아 있었다. 그는 중년의 나이에도 불구하고 파리에서 고고학을 공부한 후 그리스로 건너갔다. 그리고 여러 해 동안 조사한 끝에 히사를리크 언덕이야말로 트로이 성이 묻혀 있는 곳이라는 확신을 얻었다. 인부들을 데리고 히사

틀리크 언덕에 선 슬리만의 가슴은 불같은 정열로 활활 타오르고 있었다. 그의 눈에는 벌써 트로이의 장엄한 유적이 보이는 것 같았다.

발굴이 진행되는 동안 큰 구리 상자가 발견되었고 그 안에 가득 차 있는 왕관과 보석들을 발견한 슬리만은 크게 용기를 얻고 작업에 박차를 가했다. 그러나 유적은 끝내 나타나지 않았다. 그렇지만 그는 실망하지 않고 고대 그리스의 유적을 발굴하기 위하여 미케네 등지에서 계속 발굴작업을 했다.

몇 곳의 유적 발굴에 성공한 그는 다시 트로이 성을 발굴하는 일에 나섰다. 처음 트로이 발굴에 나선 뒤 무려 20년의 세월이 흐른 상태였지만 그의 열정은 결코 녹슬지 않았던 것이다. 그리고 트로이 성의 찬란한 모습을 꿈꾸던 그는 70세로 세상을 떠나고 말았다.

슬리만이 처음에 트로이 성이 존재했던 곳이라고 생각하고 발굴한 유적은 사실 트로이가 아니라 에게문명의 유적지였음이 그가 죽은 후 7년이 지난 뒤에 밝혀졌다. 그러나 그의 꿈과 집념은 수천 년 동안 땅 속에 묻혀 있던 고대 그리스 문명의 실체를 밝혀내는 데 결정적으로 기여했다.

누구나 자신의 꿈을 이루기 위해 돈을 벌어들입니다. 그러나 돈이 모아지면 꿈은 사라지고 돈에 대한 욕심으로 가득하게 되곤 합니다. 처음 마음을 잃지 않는 의지를 지녀야 합니다.

가난한 농부에서 자선사업가로

홀트 아동복지단체를 만든 해리 홀트는 처음에는 그저 평범한 농부에 지나지 않았다.

32년 전 한국전쟁이 막 끝나가던 해 어느 가을, 미국의 오래곤주 유게 네라는 마을의 회관에서 종교영화가 상영된다고 하자 마을의 사람들이 모여 들였다. 그들은 즐겁게 서로 인사를 나누고 영화를 관람하기 시작했다.

그 영화는 종교영화라고 하기보다는 한국전쟁이 낳은 전쟁고아들에 관한 이야기였고 그들을 보살펴 줄 손길을 기다린다는 내용으로 끝났다.

영화가 끝난 후, 한 농부 부부가 그 영화에 관한 이야기를 하며 집으로 돌아가고 있었다.

"우리는 가난한 농부인데, 우리가 그 아이들을 위해서 무엇을 할 수 있을까? 우리가 할 수 있는 일은 없을 거야."

그 부부는 그 영화내용을 잊으려고 애를 썼으나 날이 갈수록 더욱 선명하게 떠올랐다. 결국 그들은 땅을 일부 팔아서 직접 한국에 가서 전쟁고아 8명을 데리고 돌아와 성심껏 보살펴 주었다.

이 사실이 신문에 나가자 여러 곳에서 그들을 돕겠다고 연락해 왔고 또 고아를 양자로 삼겠다는 연락이 쇄도하기 시작했다. 결국 이 부부는 보람을 느끼며 전적으로 이 일에 전념하게 되었다.

이 농부가 바로 홀트 아동복지단체를 만든 해리 홀트이다.

생각만으로 이루어지는 일은 없습니다. 그 생각을 행동으로 옮겼을 때, 놀라운 일이 일어납니다. 행동하십시오.

패배가 그를 강하게 만들었다

일대일 승부인 사각의 링에서 2인자는 의미가 없다. 그는 패배자일 뿐이다. 바둑 세계에서도 오직 1인자만이 인정받으며 살아남는다. 2인자는 자연 도태되어 사라질 뿐이다. 그러나 단골 도전자이며 만년 2인자인 서봉수 9단만은 주연을 초월한 '영원한 승부사'로 인식되어 있다.

'순국산 된장 바둑', '야성의 승부사', '잡초류의 대가', '실전파의 거장' 등 다양한 별칭을 달고 있지만 최고라는 인상은 없다. 서봉수 9단에게 만년 2인자의 멍에를 씌운 필생의 라이벌인 조훈현 9단이 버티고 있기 때문이다.

두 사람은 이제까지 300회가 넘는 대국을 가졌지만 여기서 서봉수 9단이 승리한 것은 100회 정도에 지나지 않는다. 그럼에도 서봉수를 조훈현의 라이벌로 인식하고 있는 것은 그의 들풀 같은 생명력과 탁월한 승부사 기질을 기억하기 때문이다. 언제나 도전은 서봉수 9단의 몫이고 영광은 조훈현 9단의 차지였지만 그는 결코 좌절을 몰랐다.

그러나 조훈현의 그늘에 가려진 그가 장막을 활짝 젖히고 나온 때가 있었다. 바로 1993년, 세계 최정상에 우뚝 솟은 것이다. '바둑 올림픽'이라 불리는 제2회 응씨배 세계 대회 결승국에서 서9단은 일본의 오다케 히데오 9단을 물리치고 역전승을 거두었다. 위기와 고난을 헤치고 나온 서9단의 소감은 "꿈만 같다"는 것이었다.

"패배할 때마다 나에게는 투지와 승부욕이 용솟음쳤다. 내가 좌절 속에서만 지냈다면 여기까지 오지 못했을 것이다."

패배가 그를 강하게 만들었고 패배가 그를 채찍질하여 살아남도록 만들었습니다. 의지가 약한 자에게 패배는 독약이지만 의지가 강한 사람에게 패배는 보약이 됩니다.

129

아직도 할 일은 많다

화려한 매너와 거침없는 독설, 그리고 예술처럼 멋진 경기로 이름 높던 복서 무하마드 알리. '나비같이 날아서 벌처럼 쏜다' 라는 말 한마디로 일세를 풍미한 최고의 복서. 올림픽 금메달과 함께 두 번이나 세계 타이틀을 쟁취한 신화의 주인공 알리.

그러나 은퇴한 이후 그의 삶은 초라하기 짝이 없었다. 복서라는 직업, 때리고 맞는 직업이 가져온 후유증 때문인지 그는 불치의 병이라는 파킨스씨병에 걸려 초라한 시간을 보내기 시작했다. 사지 떨림증, 안면 신경 마비, 말 더듬… 그의 인생은 초라하기 짝이 없었다. 그리고 그는 숨어버렸다. 너무도 화려했던 예전 생활에 비해 너무도 초라해진 자신의 현재 모습을 남들 앞에 드러내는 것이 두려웠기 때문이었다.

그렇게 은둔생활을 하던 그가 지난 애틀란타 올림픽 성화 봉송의 최종

주자로 나섰을 때 사람들은 깜짝 놀라고 말았다. 어느 누구도 예상하지 못한 일이었다. 그는 비틀거리는 걸음과 떨리는 팔로 성화를 최종 점화했다. 초라한 모습으로 대중 앞에 나서는 진정한 용기를 보인 것이었다.

드디어 각 매스컴들이 그를 대대적으로 다루기 시작했다. 그의 얼굴이 도안된 상품이 날개 달린 듯 팔려나갔다.

요즘 그는 장애인 어린이와 에이즈 환자를 위한 행사에도 적극적으로 참여하고 있다. 불치병에 걸린 자신만이 불치병에 시달리는 다른 사람들에게 힘과 용기를 줄 수 있다는 믿음이 생겼기 때문이다.

"불치병이 내 주먹과 건강을 빼앗아갔지만 아직도 나에게는 할 일이 너무 많다. 그래서 나는 행복하다."

왕년의 챔피언 알리는 그렇게 다시 일어났다. 그리고 희망의 전도사가 되었다.

과거에 황제를 했건 거지였건, 그것은 아무 상관이 없습니다. 중요한 것은 오늘과 그리고 내일입니다. 내일을 바라보며 오늘 걸어갈 것인지, 아니면 어제에 얽매여 오늘 주저앉아 있을 것인지 선택하십시오.

내가 할 수 있는 일

수재로 불린 한 영국 대학생이 있었다.

그는 명석한 두뇌로 주위로부터 부러움을 한 몸에 받았다. 청년은 자신의 지혜를 자랑하며 가끔 사람들을 속였다. 철저한 무신론자인 그는 '신은 없다'고 주장하며 사람들을 혼란에 빠뜨리곤 했기 때문이다.

그는 교묘한 논리로 사람들을 혼란에 빠뜨리며 묘한 쾌감을 느끼기도 했다.

그러던 어느 날, 그는 사고를 당해 두 눈을 잃고 말았다. 갑자기 시력을 잃어버린 청년은 매일 매일 절망 속에서 울부짖었다.

"하늘이여, 왜 제게 이런 시련을 주십니까."

통한의 눈물을 흘리던 중 문득 떠오르는 얼굴이 있었다. 실명하기 전 거리에서 만났던 맹인들…

그는 마음속으로 결심했다.

"저 사람들을 위한 일이 무엇일까?"

청년은 그때부터 맹인들을 위한 점자를 연구하기 시작해 '문 타이프'를 개발했다. 이 사람의 이름은 윌리엄 문, 시각장애인들을 위한 점자 성경을 편찬한 사람이다.

한 순간의 시련과 고통이 삶의 불순물을 제거하는 인생의 용광로가 되기도 합니다. 중요한 것은 절망의 순간을 피해 가는 기술이 아니라 절망의 강 앞에서도 용기를 잃지 않는 자세인 것입니다.

밀가루 공장 인부에서 가수까지

프랑스의 국민 가수 이브 몽땅은 어린 시절, 가난 때문에 밀가루 공장에서 일해야 했다. 공장에 다니기 시작한 몽땅은 일의 단순 반복이 주는 근육의 고통과 정신의 무료함으로 인해 자조와 슬픔에 빠졌다. 2년이라는 괴로운 시간을 보낸 뒤 그는 결국 공장을 그만두고 누나가 운영하는 미용실에서 조수로 일하게 된다. 그리고 미용실에서 일하면서 그는 무언가 희망을 느낄 수 있었다.

"사람도 그럴 거야. 머리칼처럼 매만지지 않고 내버려두면 그대로일 뿐이지만 변화를 주면 달라지게 되는 거야. 나도 역시 변해야 해."

이런 생각을 되풀이하던 그는 미용실을 찾아오는 여자들에게서 공통점을 발견했다. 미용실에서는 털어놓는 대부분의 화제가 연예인에게 집중되어 있다는 사실이었다. 연예인에 대한 관심과 사랑을 보고 그는 연예인을 목표로 세웠다.

"배우나 가수가 되는 거야. 가느다란 가능성이라도 찾아보자. 고생하지 않고 성공한 연예인은 드물잖아. 난 할 수 있어."

쉬는 날이면 그는 허름한 거리 무대를 찾아 헤매기도 하고, 삼류극장에 드나들며 영화에 열중하기도 했다. 그러던 어느 날, 거리를 걷다 그의 눈길을 끄는 것을 발견했다. 난잡한 낙서와 그림들로 마구 더럽혀진 가요 대회 포스터였다. 몽땅은 1등을 꿈꾸며 그 대회에 참가했다. 그러나 결과는 절망이었다. 주저앉고 싶었다. 그런데 이곳에서 인생의 구원자를 만났다. 캐러멜 봉봉이라는 별명을 지닌 그 공연의 기획자였다.

"자신감을 가져라. 그리고 관객을 의식하지 말고 노래를 불러라."

그리고 몇 개월 뒤, 허름한 거리에서 공연하는 삼류 무대였지만 무대에 서게 되었다. 무대에 올라 연습한 대로 노래를 불렀다. 노래가 끝나자 관객들은 박수갈채를 보냈다. 그의 나이 17세 때였다.

변하지 않는 것은 죽은 나무이거나 딱딱한 바위 덩어리에 불과합니다. 항상 오늘에 머물러 있는 사람은 없습니다. 내일을 향해 뛰쳐나가는 적극적인 인생을 살아야 합니다.

혼다의 투혼

혼다는 1906년 시즈오카껜 텐류시에서 농기구를 만드는 대장간 집의 장남으로 태어났다. 그의 어릴 적 꿈은 펜치와 드라이버를 허리에 찬 전기기술자였다.

초등학교 시절 혼다는 가난하다는 이유로 상처를 많이 받았다. 집안이 가난해서 새 옷을 입을 수가 없었기 때문에 소매 끝이 항상 콧물로 더러워진 모습이었고 그 때문에 친구들로부터 놀림을 당하기도 했다.

한 번은 부잣집에 놀러갔을 때였다.

"너 같이 더러운 아이는 들어오지 마라. 그리고 같이 놀지도 말아라."

친구 아버지로부터 들은 말이었다. 그러나 혼다는 그런 정도로 기가 죽는 아이가 아니었다.

어릴 때부터 기계 만지는 것을 좋아했던 혼다는, 1922년 초등학교 고등과(중학교)를 마치자, 15세의 나이로 도쿄의 '아트상회'라는 자동차 수리공장에 견습공으로 취직하였다.

하지만 일을 배우는 것이 아니라 아기를 등에 업고 청소와 식사준비 등의 집안의 허드렛일을 하는 게 고작이었다.

그러나 그는 힘이 들수록 부자가 되겠다는 신념을 가지고 이를 악물고 참고 견뎌냈다. 이러한 생활이 6개월 정도 지났을 때 마침내 혼다에게 기회가 찾아왔다.

그해 겨울, 유난히도 눈이 많이 내려 일손이 달리자 혼다도 자동차 수리를 거들게 된 것이다. 그는 추위를 느껴볼 여유가 없을 정도로 일에 몰두했다. 그 결과 능력을 인정받아 아기 보는 일, 식사준비 등의 집안 일에서 제외되어 본격적으로 자동차 수리를 할 수 있게 되었다.

그렇게 수리공이 된 혼다는 21세의 나이에 독립을 하여 수리공장을 세웠고 다시 6년 후에는 제조업으로 전환하여 지금의 혼다를 이룩하였다.

가난과 멸시 속에서도 좌절하거나 자신의 꿈을 버리지 않고 성공하겠다는 신념으로 걸어나간 의지가 성공을 불러왔습니다. 목표를 세우고 쉬지 않고 전진하는 것, 그 단순함 속에 진리가 있습니다.

최고의 조각품

그리스의 조각가 휘디아스는 아직도 최고의 조각가 중의 한 사람으로 손꼽힌다. 특히 그의 작품 다이아나상은 세계적인 걸작으로 알려진 작품이다.

휘디아스가 한창 다이아나상을 완성해갈 무렵이었다. 다른 사람들이 보기에는 더 이상 손을 볼 곳이 없어 보이는데도 불구하고 휘디아스는 계속 마무리 손질을 하고 있었다.

이를 궁금하게 여긴 제자가 물었다.

"지금 무엇을 하고 계신 것입니까?"

휘디아스는 마무리 손질을 쉬지 않으며 대답했다.

"보면 모르는가? 이 조각상의 뒷머리카락 한올을 다듬는 중일세."

"선생님, 이 조각상은 지상에서부터 100피트 높이에 세워질 것으로 알고 있습니다. 그렇게 되면 조각상의 뒷머리를 누가 볼 수 있겠습니까?"

그러자 휘디아스는 화를 벌컥 내면서 이렇게 대답했다.

"지금 내가 보고 있고, 네가 보고 있으며, 또한 하늘이 보고 있지 않은가!"

남에게 보이기 위한 조각상을 만들 것인가, 내가 만족할 수 있을 정도의 조각상을 만들 것인가 하는 문제는 바로 인생을 살아가는 원칙과 같습니다. 남에게 보이기 위한 삶인지, 아니면 충실한 삶 자체를 위한 것인지 말입니다.

기적을 만든 의지

  팔레스타인의 부유한 가정에서 태어난 아랍 소년 무
사 알라미는 세계적으로 유명한 케임브리지 대학에서 교육을 받고 다시
팔레스타인으로 돌아왔다.

  그러나 최고의 교육을 받은 그를 기다리고 있는 것은 화려한 영광이 아
니라 조국 팔레스타인의 정치적 혼란뿐이었다. 그리고 결국 무사 알라미
는 그 혼란에 휩쓸려 집은 물론 그가 누리던 모든 부유함을 잃고 말았다.

  외국까지 유학을 다녀왔지만 이제 그가 할 수 있는 것은 아무 것도 없
어 보였다. 그리고 그의 앞에 놓여진 것은 요르단 골짜기의 넓고 황량한
사막뿐이었다.

  그러나 그는 절망하기에 앞서 꿈을 꾸었다.

  '그래, 이제 내 앞에 놓여진 것은 황량한 사막뿐이다. 이 사막을 가지

고 할 수 있는 일을 찾아보자.'

그러나 황량하고 건조한 사막을 가지고 할 수 있는 일이란 없었다. 몇몇 오아시스를 제외하고는 아무 것도 심을 수 없었고 요르단강에 댐을 만들어 사막으로 물을 보내는 일에는 너무나 비용이 많이 들었다.

그러나 알라미는 포기하지 않았다.

'지하수를 끌어 올려 개간했다는 캘리포니아 사막이야기도 있지 않은가!'

그는 지하수를 이용하여 사막을 기름진 땅으로 만들기로 결심하고 땅을 파기 시작했다. 그리고 그와 같은 처지에 놓인 몇몇 피난민들도 그를 돕기 시작했다. 장비라고는 곡괭이와 삽이 전부였지만 그들은 열심히 일했다. 그들의 무모한 작업을 모든 사람들이 비웃었지만 그들은 흔들리지 않았다. 결국 땅을 파내려 간지 여섯 달쯤 되었을 때 생명수 같은 물이 쏟아져 나왔다.

몇 년 후에 무사 알라미는 큰 농장에 물을 대주는 펌프시설 15개를 이용하여 야채와 과일을 재배하면서 또 학생들을 가르치게 되었다. 또한 그의 기적을 본 다른 사람들도 '사막 위의 기름진 땅'을 꿈꾸며 지하수를 개발하고 있다.

기적은 하늘이 내려주는 축복이 아니라 꿈꾸고 또 꿈을 실현하기 위해 노력하는 사람이 쟁취하는 결과입니다.

우연한 발견

미국의 한 모피 장수는 매년 겨울이 오기 전 좋은 모피를 구하기 위해 캐나다로 갔다.

그는 장사를 위해 모피를 구하면서도 틈틈이 호수로 나가 낚시를 하곤 했다. 날씨가 너무 추웠기 때문에 낚시로 건져 올린 물고기는 금방 얼어붙을 지경이었다.

그날도 그는 낚시를 한 후 잡은 물고기를 통에 담아 돌아왔다. 그런데 갑자기 급한 일이 생겨 잡은 물고기를 그냥 마당에 던져놓고 바로 시내로 나가야만 했다.

일을 마치고 돌아온 그는 며칠이 지나서여 낚시로 잡은 물고기 생각을 해냈다.

"아차, 그렇지. 물고기가 있었지!"

그는 서둘러 물고기를 찾아보았다. 물고기는 통 속에 아직도 얼어붙은 상태로 있었다.

"워낙 여러 날이 지나서 다 상했을 텐데…, 그래도 아까우니 한번 먹어볼까? 일단 얼어있는 물고기를 녹인 다음에…"

그런데 이게 무슨 조화일까? 얼어붙은 물고기를 녹이자 마치 바로 잡은 물고기처럼 싱싱하게 되살아나는 것이 아닌가.

"그래, 바로 이거야!"

그는 즉시 뉴욕으로 돌아가 특허청을 찾았고, '식품 냉동처리 방법'이라는 특허를 신청했다. 이것이 바로 훗날 세계 최대의 식품회사로 발돋움한 제너렐프즈 회사의 시작이었다.

작은 우연이라도 그냥 넘기지 않는 꼼꼼함이 오늘날 우리가 편리하게 사용하는 냉장고를 만들어 냈습니다. 일상에서 부딪치는 작은 일들을 그냥 넘기지 말고 거기에서 새로운 의미를 찾아보십시오.

세상에서 가장 중요한 것

시카고에 있는 대규모 사회사업단인 '할하라스'를 창립한 제인 아담스는 신체장애자였다. 그녀는 어렸을 때부터 장애 때문에 강한 열등감을 지니고 있었다. 외출도 거부했고 사람을 만나는 것조차 싫어했다. 그녀는 척추만곡증에 걸려 등이 굽고 머리가 한쪽으로 기우는 장애인이었기 때문이다.

그녀의 아버지는 지역의 유명인사였다. 일요일이면 멋지게 양복을 차려입고 교회에 나가곤 했다. 당시 아홉 살이었던 제인은 멋진 아버지의 모습과 자신의 모습을 비교하면서 다시 참담한 부끄러움에 빠지곤 했다.

어느 날, 제인의 아버지는 제인을 데리고 이웃 마을로 갔다. 그리고 자신이 볼 일을 다 보는 동안 상가의 쇼윈도라도 구경하라고 이르고는 사라졌다. 1시간이 흘렀을까? 제인의 아버지는 몇 명의 친구들과 함께 나타났다. 제인은 아버지의 모습이 저만치 나타나자 급히 가로수 뒤로 몸을 숨겼다.

딸이 이렇게 흉한 몰골이라는 것을 아버지 친구들에게 알려서는 안되겠다는 생각이 들었기 때문이었다.

그런데 그런 제인의 마음을 아는지 모르는지, 아버지는 멀리서 제인을 발견하고는 손을 흔들며 친구들과 함께 다가왔다. 그리고 가로수 뒤에서 고개를 숙이고 떨고 있는 딸의 손을 따뜻하게 잡고 나서며 친구들에게 소개를 시키기 시작했다.

"내 사랑스런 딸 제인이야. 제인, 인사드려라. 아버지의 일을 도와주시는 분들이란다."

"안녕하세요?"

"만나서 반갑구나! 말씀하신 것처럼 아주 귀엽게 생겼군요."

아버지의 친구들도 모두 활짝 웃으며 제인과 인사를 나누었다. 집으로 돌아오며 제인은 생각했다.

'굽어 있는 것은 내 등이 아니라 내 마음이었어!'

제인은 바로 열등감에서 벗어났습니다. 그리고 중요한 것은 '어떤 장애를 지니고 있는가'가 아니라 '그것을 어떻게 받아들이느냐'라는 것을 깨닫게 되었습니다.

파란 눈의 신부님

스물 다섯의 나이에 고국 프랑스를 떠나와 44년 간 한국에 둥지를 튼 두봉 신부. 그에게 한국은 이제 외국이 아니라 마음의 고향이다. 종종 길거리를 지나가다 아이들이 미국사람이라고 부를 때면 새삼 놀라곤 한다. 잊고 지냈던 사실이 다시 새롭게 떠오르기 때문이다.

'아, 그렇지! 나는 한국인이 아니었지!'

그제서야 그는 문득 자신의 본명인 르네 뒤퐁을 떠올릴 정도로 이제 한국 사람이 다 되었다.

1929년 프랑스 오를레앙에서 태어난 신부님은 1954년 파리 외방 전교회 소속 신부로 한국 땅을 처음 밟았다. 첫 인상이 참으로 인정 많은 사람들이 사는 곳이란 생각에 줄곧 한국에 있기를 고집했던 그는 1969년 안동교구가 생기면서 초대 교구장을 맡아 1990년 사임할 때까지 줄

곧 척박한 시골 땅에서 소외된 이웃들과 함께 살았다.

그리고 교구장을 물러난 뒤에는 후임자에게 부담을 주지 않으려 일부러 서울 근교인 행주산성 아래에 정착했다.

그는 한국인들이 가장 먼저 고쳐야 할 점에 대해 이렇게 말했다.

"우리는 외세에 시달린 역사 때문에 너무 열등의식에 사로잡혀 늘 남과 비교하면서 살아가는 것에 익숙해졌습니다. 이러한 의식은 학력을 중요시하고 우등생만을 양성하려는 잘못된 관습을 조장합니다. 우리는 이러한 의식을 꼭 고쳐야 합니다."

혼자서 잘 달리는 사람 곁으로 다가가 박수를 치기 보다 비틀거리며 걷는 사람에게 다가가 따스한 박수를 쳐주는 사람, 우리에게는 그런 사람이 필요합니다.

신문팔이 의사

　서재필은 미국 워싱턴 의과대학에서 공부한 한국인 최초의 의사였다. 그는 미국에서 의사로 일하며 풍요로운 생활을 영위할 수 있는 모든 것을 갖춘 사람이었다.

　그러나 그는 그 모든 것을 포기하고 조국으로 돌아와 나라를 구하기 위해 독립협회를 창립하여 민족운동을 일으켰다. 그는 특히 독립운동을 위해서는 민중들을 깨우쳐야 한다는 생각을 하고 민중 계몽을 위한 신문을 창간하기로 마음먹었다. 그렇지만 의사 생활을 한 그가 신문에 대해 아는 것이라곤 하나도 없었다. 결국 그는 직접 발로 뛰면서 장비를 구하고 자신이 직접 활자를 찾아 조판을 하는 등 궂은 일까지 마다하지 않고 신문을 창간하였다.

　드디어 신문 창간호가 나오는 날, 그는 감격에 겨워 신문을 든 손이 부들부들 떨릴 정도였다. 그러나 기쁨도 잠시, 인쇄되어 나온 신문을 판매하는 것이 큰 문제로 대두되었다.

서재필은 이번에도 자신이 직접 발로 뛰는 방법을 택했다.

"신문 사세요! 신문입니다! 한 장에 한 푼입니다!"

사람들은 신문을 팔러 다니는 사람이 서재필 박사라고는 생각하지도 못했다.

나중에 그는 당시의 어려움을 회상하며 이렇게 말했다.

"그때 내가 신문을 들고 거리를 누비지 않았다면, 그러니까 내가 신문팔이를 하지 않았다면 말이야, 우리 나라의 개화가 조금 더 늦어졌을 거야."

내 한 몸의 안락함보다 더 많은 사람들의 안락함을 위해 움직인 사람, 오늘의 편안함보다 내일의 편안함을 위해 움직인 사람, 우리는 그들을 선각자라고 부릅니다.

세상을 정복한 비결

어느 날, 말을 파는 상인이 왕궁을 찾아와 '부케파라스'라는 이름의 말을 팔러 왔다. 한눈에도 무척이나 훌륭한 말이었다. 몸매는 미끈하게 빠졌고 몸 전체에 윤기가 흘러내렸다.

부케파라스를 본 왕은 신하를 시켜 그 말을 타보라고 명령했다. 그러나 말의 성질이 얼마나 드센지 아무도 그 말에 올라 탈 수가 없었다. 여러 장군들이 나섰지만 모두 실패하고 말았다. 화가 난 왕은 "말을 끌고 나가버려라!" 하고 호통을 쳤다.

이때 아직 소년 티를 벗지 못한 어린 왕자가 나서서 말했다.

"이토록 훌륭한 말을 보내는 것은 너무도 아깝습니다. 제가 한번 다루어 보겠습니다."

왕과 장군들은 깜짝 놀라고 말았다. 그리고 말을 타려다 실패한 장군

하나가 왕자에게 다가가 말했다.

"만약 왕자님께서 이 말에 오르신다면 큰 칭찬이 따르겠지만 실패한다면 권위가 떨어지고 말텐데, 그래도 괜찮겠습니까?"

왕자는 고개를 끄덕이고는 자신 있게 말에게 다가갔다. 그리고 말의 고삐를 쥔 뒤에 태양이 내리쪼이는 방향으로 섰다.

왕자는 아까부터 유심히 말을 관찰했고 그 사이에 말이 사람들의 그림자에 놀란다는 사실을 알아냈기 때문이었다. 방향을 바꾼 뒤 잠시 말을 쓰다듬어 말을 안정시킨 왕자는 훌쩍 말의 등에 올라타고 달리기 시작했다. 그리고 명마 부케파라스를 자신의 말로 삼았다. 이 왕자가 바로 훗날 대제국을 건설한 알렉산더 대왕이다. 꼼꼼하고 정확한 눈썰미가 세계 정복의 기초였던 것이다.

'빨리 빨리', 그리고 '대충 대충'이 언제부터인가 우리들 사이에 만연하고 있습니다. 그러나 한 가지를 하더라도 정확하고 완전하게 하려는 정신이 세계 제일을 만드는 비결입니다.

소중한 인연을 만나게 되는 사람들에게 · 소중한 인연을 만나게 되는 사람들에게 · 소중한 인연을 만나게 되는 사람들에게 ·

人
人

어둠 속에서 찬란한 태양이
솟아오르는 것처럼 고통에서 희망이 피어납니다.
나약한 사람에게 고통은
절망을 부르는 독약이지만 지혜로운 사람에게 고통은 성공의 원천이 됩니다.

두려움 없이 걸어가라!

    1994년 노벨 평화상을 받은 이스라엘의 정치가 시몬 페레스는 어느 날 한 장애아동으로부터 뜻밖의 편지를 받았다.

  "저를 보는 사람들은 모두 제가 휠체어를 박차고 일어서는 것을 이 세상 그 무엇보다 더 많이 바라고 있다고 여기는 것 같습니다. 하지만 실은 그렇지 않습니다. 솔직히 말해서 저는 제 발로 일어서는 것이 너무 무섭습니다. 전혀 낯선 상황 속에서 이 세상과 사람들에 맞서야 한다는 생각만으로도 저는 무서워 견딜 수 없거든요. 제가 아는 여자 아이 중에 태어날 때부터 장님이었던 아이가 있습니다. 어느 날 그 아이가 제게 이런 말을 했어요. 만약 하느님이 갑자기 자기에게 볼 수 있는 능력을 허락해 준다면 어떤 일이 벌어질 지 생각하기가 무섭다고요. 물론 그 여자아이는 제게 자기가 이 세상 무엇보다도 원하는 것은 밝아오는 새벽의 빛을 보는 것이라고 말했어요. 하지만 그 빛을 보고 직접 경험한다는 생각만으로도 겁에 질린다고 말하더군요."

그 소년은 '우리는 모두 태어날 때부터 나름대로의 장애를 지니고 있다' 며 그러나 자신처럼 휠체어를 박차고 자신의 두 발로 일어서서 자신에 대한 책임을 받아들이는 것을 무서워하고 있다고 덧붙였다.

'노력만 하면 우리는 현재보다 더 건강해질 수 있다. 우리가 지금 익숙해져 있는 것보다 더 많은 것을 볼 수 있다. 다만 그것을 두려워할 뿐이다.'

장애를 가진 소년이 페레스를 통해 세상사람들에게 하고 싶은 말은 바로 이것이었다. 페레스는 의회에 나가 이 소년의 편지를 읽었다. 그 소년은 방청석에 앉아서 그가 말하는 것을 듣고 있었다. 많은 사람들이 감동해서 눈물을 흘렸다.

그 일이 있은 얼마 후 페레스는 또 한 통의 편지를 받았다. 이번에는 그 소년의 어머니가 쓴 것이었다.

"의원님이 연설을 한 뒤 아이가 난생 처음으로 휠체어에서 일어나 두 발로 섰어요."

 불가능하다는 생각이 있을 뿐, 진정 불가능한 일은 세상에 없습니다.

눈물 속에 핀 사랑

소설 〈대지〉로 유명한 여류작가 펄 벅 여사는 미국인이었지만 선교사인 부모를 따라 중국에서 오랜 시간 생활했다. 그녀는 소녀 시절부터 아이들을 무척이나 좋아해서 어린아이들의 웃음꽃이 피는 곳이라면 어디든 달려가 함께 하는 아름다운 마음의 소녀였다.

그녀는 결혼을 해서도 평소의 소망대로 예쁜 딸을 얻었다. 그러나 불행하게도 그녀의 딸은 세 살이 되어서도 말을 하지 못했다. 아무 표정도 없이 우두커니 혼자 서 있다가 갑자기 괴성을 지르는 등 이상한 행동만 하여 부모의 마음을 아프게 만들었다.

의사가 그녀의 딸에게 극도의 정신박약이라는 진단을 내리던 날, 그녀는 하늘이 무너지는 듯한 느낌을 받았다.

의사는 치료의 가능성이 거의 없다고 결론을 내렸지만 그녀는 딸의 치료를 위해 다시 미국으로 돌아와 많은 것을 희생하며 노력을 게을리 하지 않았다.

그리고 그녀는 정신박약인 딸을 키우면서 비로소 글에 대해 새롭게 눈을 뜨기 시작했다. 장애자에 대한 사랑, 가난의 극복과 인간 평등의 문제 등 이전에는 별로 생각하지 않았던 것들에 관심을 쏟게 되었던 것이다.

결국 그녀에게 노벨문학상을 안겨준 것은 그녀의 딸 때문이라고 해도 과언이 아니었다. 소설 〈자라지 않는 아이〉는 바로 딸의 이야기를 그대로 옮긴 작품이었고 그녀의 명작 〈대지〉에도 백치의 딸은 주인공 '왕용'의 딸로 등장한다.

그녀의 어린이에 대한 사랑은 제 2차 세계대전 이후에도 계속 이어져 전쟁 사생아를 위한 재단을 만들기도 했다.

세계 대전 이후 황폐해진 세상을 향해 사랑의 폭탄을 던지며 자선사업을 벌인 펄 벅의 아름다운 모습은 장애인 딸을 둔 슬픔을 이겨낸 고귀한 희생정신이었다.

슬픔이나 고난을 단순히 불행으로만 받아들인다면 아무런 의미도 없을 것입니다. 그러나 그것을 더 큰 일을 실천할 수 있는 계기로 만드는 것, 그것이 바로 지혜로운 사람입니다.

의미 있는 일을 찾아서

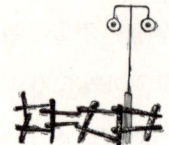

그는 젊은 나이에 폐결핵으로 죽음을 선고받았다. 산송장이나 다름없이 하루하루 괴로운 나날을 보내고 있던 그에게 하루는 교회의 성도들과 그의 친지들이 찾아와 고별 예배를 드리고 돌아갔다. 바로 그 날 밤, 그는 고민에 빠졌다.

'이왕 죽기는 마찬가지인데 이렇게 무의미하게 기다리는 것보다는 남자답게 목숨을 끊어버리는 것이 옳지 않을까?'

그러나 그는 이내 중심을 되찾으며 생각했다.

'주님이라면 어떻게 하셨을까? 스스로 목숨을 끊으셨을까? 아니다! 목숨을 끊지도 않을 뿐 아니라 이대로 죽을 날만 기다리지도 않았을 것이다. 반드시 의미 있는 일을 찾아갔을 것이다!'

생각이 여기에 이르자 그는 다음 날 몇 가지 살림 도구만 수레에 싣고 빈민굴로 찾아갔다.

그는 빗자루와 걸레를 들고 다니면서 더러운 골목을 청소하고 버려진 아이들을 돌보는 일부터 시작했다. 그렇게 새로 시작된 그의 삶은 일흔 살이 넘도록 이어졌다.

그가 바로 일본이 낳은 세계적 스승 가가와 도요히코이다. 미국 프린스톤에서 신학과 생물학을 전공한 석학이었지만, 그는 빈민굴에서 빈민들과 함께 생활하면서 전도와 사회 사업, 농민 운동에 헌신하며 일생을 살았다.

물은 더러운 것들을 품고 스스로 가장 낮은 곳으로 흘러갑니다. 그리고 다시 순수한 물방울이 되어 하늘 높이 올라갑니다. 우리도 스스로를 낮춰야만 존경을 받는 자리에 오를 수 있습니다.

기도하는 손

알브레이트 듀러는 어려서부터 그림 그리기에 재능이 뛰어 났다. 그는 유명한 화가에게 그림을 배우고 싶다는 일념으로 고향을 떠 나 도시로 나왔다. 그리고 거기에서 자기와 똑같은 생각을 지닌 젊은이 를 만나 둘은 아주 절친한 친구가 되었다. 그러나 그들은 모두가 가난했 기 때문에 그림 공부와 생계를 함께 이루어 나가기가 어려웠다.

그래서 그들은 의논 끝에 서로 도와가며 그림 공부를 하기로 약속을 했다.

"내가 먼저 일을 해서 생계를 책임지도록 하지. 넌 그 동안 그림 공부 를 해."

"아니, 그럴 수는 없어. 내가 먼저 일을 할께."

두 친구는 서로 미루며 양보하다가 알브레이트가 할 수 없이 친구의 제의를 받아들여 먼저 그림 공부를 하기로 했다.

그리고 친구의 도움으로 알브레이트는 유명한 화가가 되어 성대한 전시회를 갖게 되었다.

친구도 물론 전시장을 찾아왔다. 그런데 오랜만에 만난 친구의 손을 잡는 알브레이트의 얼굴이 일그러지기 시작했다.

그 친구의 손은 그 동안의 힘든 노동으로 인해 손가락이 휘고 굳어져 그림을 그릴 수 없을 정도로 망가져 있었기 때문이었다. 알브레이트는 커다란 슬픔에 잠겼다.

그러던 어느 날, 친구 때문에 고통스러워하며 늦게까지 술을 마시고 집에 돌아온 알브레이트는 친구가 그 망가진 두 손을 마주잡고 경건하게 기도하고 있는 모습을 보고 벅찬 감동을 느끼게 되었다.

'그래, 저 손을 그리자. 그래서 온 세상에 나의 감사하는 마음을 그림에 담아 보여 주자.'

우애와 감사의 그림 '기도하는 손' 은 이렇게 해서 탄생되었다.

나를 위한 기도는 진정한 기도가 아닙니다. 다른 사람을 위한 기도야말로 진정한 기도입니다. 그렇게 서로를 위해 기도하는 것이 바로 사랑입니다.

세상은 일등만을 기억합니다

1969년 7월 27일은 인류 역사상 최초로 달에 인간이 발을 딛은 날이자 텔레비전 역사상 최고의 쇼를 인류에게 보여준 날이기도 하다.

전 세계 7억3천3백만 시청자는 닐 암스트롱이 달에 내리는 것을 지켜 보기 위해 텔레비전 앞에서 자리를 지켰다.

그는 "한 인간의 이 작은 발걸음은 온 인류의 거대한 도약이다"라는 말을 남겼는데 이는 인간이 가장 짧은 순간에 작문한 가장 위대한 명언 으로 기억되고 있다.

그러나 당시 달에는 암스트롱 혼자만 갔던 것이 아니었다. 그리고 달 에 발을 디딘 사람도 암스트롱 혼자가 아니었다. 암스트롱과 함께 달에 발을 디딘 사람은 올드린이었다. 사실 암스트롱과 올드린은 함께 달 표면을 걸었으나 달에 첫발을 디딘 암스트롱은 영광을 한 몸에 받은 반면, 16분 늦게 달에 발을 디딘 올드린은 관심 인물에서 멀어졌다.

그리고 두 사람 이외에 함께 탑승한 콜린스라는 또 한 명의 인물이 있었다. 그는 동료들이 달 표면을 걸어다닌 28시간 동안 혼자 사령선에 남았던 탓에 가장 먼저 사람들에게서 잊혀졌다.

그러나 콜린스는 달에 착륙했던 암스트롱과 올드린보다 더 중요한 역할을 수행 중이었다.

그가 없었다면 암스트롱과 올드린은 마음놓고 달을 탐사할 수 없었을 것이기 때문이다.

오늘 기쁜 일을 맞이했다면 잊지 말고 기억하십시오. 이토록 기쁜 일이 일어날 수 있도록 도와준 숨겨진 많은 사람들의 노력을 말입니다.

본래의 모습을 찾아서

영국의 왕세자비 다이애너가 교통사고로 사망했을 때 다이애너비를 추모하기 위해 〈Candle in the Wind〉라는 곡을 만들어 발표한 세계적인 대중음악가 엘튼 존은 사실 마약에 중독된 인생을 살았던 사람이다.

그는 더 좋은 음악적인 느낌을 위해 술과 마약에 빠져들었었다. 그러나 얼마 후 그는 그런 삶이 잘못이었다는 것을 깨닫고 술과 마약에서 손을 떼었다.

"내 인생은 근본적으로 변했습니다. 술과 마약을 끊자 원래의 제 모습을 찾았기 때문이죠. 이전에는 음악적 창의력을 살린다는 명목으로 마약을 했는데, 마약에서 손을 끊고 보니 오히려 더 엄청난 창조성이 발휘되기 시작했습니다."

그리고 마약을 끊은 상태에서 그가 작곡한 노래 ⟨Candle in the Wind⟩는 대중음악 사상 가장 많이 팔린 음반으로 기록될 정도로 성공을 거두었다.

그는 ⟨Candle in the Wind⟩의 성공 이후 어느 인터뷰에서 이렇게 말했다.

"만약 제가 계속 마약을 했다면 결코 이런 노래를 만들 수 없었을 것입니다."

가장 편안하고 행복한 상태를 원한다면 스스로 본래의 모습을 찾아야 합니다. 거짓으로 꾸민 아름다움은 결코 편안하거나 행복할 수 없기 때문입니다.

뿌리가 깊은 나무

미국 샌프란시스코시와 마린반도를 연결하는 길이 2,825m의 금문교는 샌프란시스코의 상징으로 일컬어진다. 그런데 이 금문교를 만든 사람은 '레드우드'라고 불리는 2천 년 된 나무에서 지혜를 얻어 다리를 건설했다고 한다. 레드우드라는 나무에는 세 가지 특징이 있다고 한다.

우선 이 나무의 뿌리는 다른 나무에 비해 아주 깊게 뻗어 있어 어떠한 충격에도 끄떡하지 않는다. 그리고 다른 나무보다 잔뿌리가 많아 보다 더 많은 양분을 땅으로부터 끌어올린다. 마지막으로 나무의 뿌리가 커다란 바위를 칭칭 감고 있어서 아무리 강한 바람이 불어도 흔들리지 않는다는 것이다.

그런 특징 때문에 2천 년이라는 세월 동안 모진 풍파를 맞으면서도 쓰러지지 않고 견뎌온 것이었다.

　금문교를 만든 사람은 다리를 만들면서 이 레드우드 나무의 지혜를 고스란히 가져왔다.

　먼저 커다란 바위가 나올 때까지 땅을 파고 들어가 그 위에 교각을 세웠다. 그 결과 1933년에 착공하여 1937년에 준공된 이 다리는 백 년 가까이 지난 지금까지도 흔들리지 않고 단단하게 자리를 지키고 있는 것이다.

　사람들의 눈에 비치는 겉모습만 화려한 것은 결코 오랜 세월을 이겨나갈 수 없습니다. 더 많은 노력과 시간이 소비된다고 하더라도 기초를 튼튼히 하는 것만이 오래 지속될 수 있는 비결입니다.

고요한 밤 거룩한 밤

1818년, 어느 늦은 밤. 크리스마스를 일주일 앞둔 오스트리아의 한 작은 시골성당에는 아직도 불이 켜져 있었다.

그 작은 성당의 26세 된 젊은 모올 신부는 늦은 밤인데도 잠을 이룰 수가 없었다.

앞으로 일주일 후면 성탄 미사도 드려야 하고 연극발표회도 하여야 하는데, 하나 뿐인 오르간이 고장났기 때문이었다.

그는 직접 오르간을 고쳐보려고 이러 저리 뜯어보았지만 어림도 없는 일이었다. 그렇다고 새로 구입할 형편도 아니었다.

모올 신부는 하느님께 기도를 드리고 깊은 밤에 창 밖으로 마을을 내려다보았다. 참으로 고요한 밤이었다. 그는 마을의 고요한 모습에 감동을 받아 시 한 편을 적어보았다.

다음날 아침, 그는 시를 들고 그 성당의 오르간을 연주하는 구루버 선생을 찾아갔다.

"선생님, 제가 시를 한 편 써보았습니다. 이 시를 작곡 좀 해 주세요. 그래서 성탄미사 때 기타연주를 하면 어떨까요?"

드디어 크리스마스가 되었다. 그리고 시골의 한 작은 성당에서는 신부가 쓴 시에 곡을 달은 음악이 기타로 연주되었다.

이것이 바로 그 유명한 〈고요한 밤 거룩한 밤〉이다.

지금 이 노래는 성탄절에 가장 많이 불리는 노래가 되었지만 아마도 예전의 한 작은 시골성당의 어려움이 없었다면 이 노래는 세상의 빛을 보지 못했을 것이다.

주위를 둘러보십시오. 아름답고 훌륭한 것들은 대부분 아주 어려운 시기에 만들어진 것이라는 사실을 깨달을 수 있을 것입니다. 뜨거운 용광로를 거쳐야만 강한 쇠붙이가 만들어지는 것입니다.

돈 보다 중요한 명예

미국의 세계적인 소설가 헤밍웨이는 소설처럼 다이나믹한 인생을 살아온 사람이다. 고교 졸업 후에는 대학에 진학하지 않고 기자가 되었으며, 제1차 세계대전 때인 1918년 의용병으로 적십자 야전병원 수송차 운전병이 되어 이탈리아 전선에 투입되기도 했다. 평소에 사냥과 낚시를 즐기는 등 활동적인 그였지만 그를 표현하는 또 다른 하나는 바로 멋진 수염이었다. 그의 수염은 아직도 남성미의 상징으로 칭송되기도 한다.

어느 날, 헤밍웨이의 수염에 탄복한 어느 위스키 회사의 사장이 그를 찾아와 이런 제안을 했다.

"선생님의 수염은 세상에서 가장 멋진 모습입니다. 그래서 저희 회사에서는 선생님의 얼굴 모습과 이름을 빌려 위스키 광고를 하려고 합니다. 그 대신 4천 달러와 평생 마실 수 있는 위스키를 드리겠습니다. 어떻습니까?"

그러나 헤밍웨이는 잠시 생각에 잠길 뿐이었다. 스스로 파격적인 제안을 했다고 생각한 위스키 회사 사장이 답답하다는 듯 다그쳤다.

"망설일 것이 없습니다. 그저 얼굴과 이름을 빌려주시면 되는 쉬운 일입니다."

그러자 헤밍웨이는 결론을 내렸다는 듯 대답했다.

"죄송합니다. 그만 돌아가 주시지요."

위스키 회사 사장이 돌아간 후 헤밍웨이의 비서가 그 이유를 묻자 헤밍웨이는 이렇게 대답했다.

"그저 얼굴과 이름을 빌려주면 되는 쉬운 일이라는 말에 결론을 내렸지. 얼굴과 이름을 그렇게 대수롭지 않게 생각하는 회사라면 믿을 수 없단 말일세."

얼굴과 이름은 그 사람의 명예를 나타냅니다. 얼굴과 이름을 알리고 일을 한다는 사실은 자신의 모든 것을 걸고 일을 한다는 것과 같은 뜻이기 때문입니다.

철의 사나이

1919년 1월 15일 프랑스 리용시에서 태어난 모리스 엘조 그는 어릴 때부터 산을 좋아하여 16세 때부터 알프스 등산을 시작했다.

이후 1950년, 그는 프랑스 안나푸르나 원정대의 대장으로 정상에 올라 산악계에 널리 알려지게 되었다. 이 때 그의 나이 31세. 그는 열악한 장비 등 여러 악조건을 딛고 당당히 정상에 올랐다. 세계 여론은 그를 주목했고 '철의 사나이' 라는 별명까지 선사했다. 그러나 그는 등반 중 동상에 걸려 산에서 내려와서는 손가락과 발가락을 잘라 내야만 했고, 귀국한 뒤에도 파리 병원에서 동상 치료를 받아야 했다. 수술만도 여덟 번이나 했다.

이후 그는 안나푸르나 등정에 대한 이야기를 구술하여 정리한 등반 보고서를 '안나푸르나-첫 8천미터 봉우리' 란 이름으로 출판했다. 또한 여러 사람의 요청에 의해 청소년을 위한 '안나푸르나 등정'을 새로 써서 발표했는데, 이 책은 높이 평가되어 1956년 국제적으로 이름난 〈한스 크리스천 안데르센 문학상〉을 수상했다. 그뒤 엘조그는 프랑스 정부에서 수여하는 레종 도뇌르 훈장과 무공 훈장을 받았다.

엘조그가 이룩한 업적은 등반 사상 처음으로 안나푸르나를 정복했다는 단순한 사실이 아닙니다. 무서운 자연의 힘과 맞서 싸워 이겼을 뿐만 아니라 그 이후 찾아온 무서운 동상의 시련을 딛고 일어섰다는 것이 더욱 값진 업적이라고 할 수 있습니다.

소신을 가지고

월리엄 부드는 한때 전당포 주인이었으나, 이후 기독교에 귀의하면서 새로운 삶을 살게 되었고 1878년, 구세군을 창설하기에 이르렀다.

월리엄 부드가 젊었을 때의 일이다.

하루는 그가 신앙생활을 열심히 하던 중 매일 매일을 술에 취해 살며 그의 가족들을 전혀 돌보지 않는 사람을 만났다. 월리엄 부드는 그 남자를 몇 번이나 안타깝게 바라보다가 도저히 안 되겠다 싶어 그 남자에게 다가가 교회에 다녀볼 것을 권했다. 그러나 그 남자는 들은 척도 하지 않았다.

결국 월리엄 부드는 포기하고 그 남자를 잊은 채 시간을 보냈다.

그러던 어느 날, 월리엄 부드는 급한 일로 길을 가다가 술에 취해 사는 그 남자를 또 만나게 되었다.

그 때 술 취한 남자가 빈정거리며 윌리엄 부드를 불러 세우더니 말했다.

"여보슈, 내가 정말 지옥과 천당이 있다는 걸 확신한다면 당신처럼 그렇게 전도하지는 않을 거요. 한번 싫다고 말한다고 그렇게 냉큼 사라지면 누가 교회에 나가겠소?"

그 말에 충격을 받은 윌리엄 부드는 그때부터 열심히 전도하며 가난한 사람들을 구제하는 데 심혈을 기울였다고 한다.

한번 시도해서 안 되는 일이라면 두 번 시도하십시오. 반드시 해야만 하는 일이라면 세 번, 네 번, 할 수 있을 때까지 시도하십시오. 그것이 바로 성공의 지름길입니다.

잃어버린 골프채

골프의 황제라고 불리는 잭 니클라우스가 일본에서 열린 골프 대회에 참가했을 때의 일이다.

경기가 중반쯤 진행되었을 때였다. 퍼터를 백에서 꺼내려던 니클라우스의 안색이 갑자기 변했다. 그러나 그는 아무 말 없이 경기를 진행시켰다.

나중에 밝혀진 것이지만 그가 놀란 까닭은 퍼터가 없어졌기 때문이었다. 점심 시간 중에 그의 퍼터 대신 다른 퍼터가 그곳에 놓여 있었던 것이다. 그 퍼터는 니클라우스가 18년 간이나 애용하여 손에 익힌 것이었다. 때문에 그것은 단순한 도구라기 보다는 그의 분신 같은 것이었다. 그는 그 퍼터에 힘입어 무려 20억 원 이상을 벌었다. 그러니 불안하면서도 아주 불쾌한 느낌을 가질 수밖에 없었다.

그러나 니클라우스는 별 내색을 하지 않고 시합을 진행시켰다. 그리고 시합이 모두 끝나고서야 그는 다음과 같이 말했다.

"내 퍼터를 가지고 간 사람이 이제부터 어떤 인생을 살아갈까 그것이 마음에 걸립니다. 나에게는 다시 좋은 퍼터를 찾아낼 가능성이 있지만, 그는 도둑질을 했다는 짐을 일생 동안 지고 살지 않으면 안되기 때문입니다."

이 말이 TV를 타고 전해지자, 다행스럽게도 이틀 뒤에 퍼터가 돌아왔다. 열 아홉 살 난 대학생이 충동적으로 범행을 저질렀는데, 이 사실을 안 어머니가 아들을 설득하여 어머니와 함께 사죄하러 그를 찾아 온 것이었다.

일본을 떠나던 날, 니클라우스는 퍼터를 되찾게 되어 감사하다는 말과 함께 다음과 같은 당부의 말을 남겼다.

"인간에게는 누구나 잘못이 있습니다. 아직 젊기 때문에 그도 이 일을 잊고 좋은 인생을 살아 주었으면 좋겠습니다. 부디 그의 잘못을 다그치지 않았으면 좋겠습니다."

최고의 실력에 어울리는 최고의 겸손과 따뜻한 인간미. '골프의 황제' 라는 그의 별명은 그래서 더 빛이 나는 지도 모릅니다. 겸손함과 따스함은 그 어떤 것도 이길 수 있는 가장 강한 무기입니다.

손가락이 세 개인 남자

1944년 겨울, 일본의 히로시마. 네 살의 남자 아이가 친구들과 함께 군불을 지피고 있었다. 고구마를 구워 먹기 위해서 아이들은 군불 곁에 옹기종기 모여 있었다.

그렇게 한참 고구마를 바라보던 아이들의 등뒤에서 트럭 한 대가 후진을 하고 있었다. 운전사의 눈에는 아이들의 모습이 보이지 않았다.

드디어 트럭이 가까이 다가왔을 때, 다른 아이들은 깜짝 놀라 모두 다른 곳으로 피했지만 그 중에서 가장 나이가 어렸던 한 아이는 고구마에 신경을 집중하고 움직이지 않았다. 결국 트럭은 아이를 치였고 아이는 차에 밀려 넘어지며 오른손을 불 속에 넣고 말았다.

운전사는 깜짝 놀라 차를 세우고 밖으로 뛰어나와 아이를 안아 올렸지만 때는 이미 늦었다. 소식을 들은 아이의 부모가 달려와 아이를 업고

병원으로 달려갔지만 병원에서도 좀처럼 아이의 차례는 오지 않았다. 그들은 재일 한국인이었기 때문이었다.

결국 뒤늦게 치료를 받은 아이의 손은 엄지와 검지만 원형을 유지하고 있을 뿐이었다. 아이는 이후 초등학교 4학년이 되어서야 재수술을 받을 수 있었다. 들러붙은 나머지 세 손가락을 분리하는 수술이었다. 그러나 근육이 모두 상했기 때문에 수술은 실패했고 결국 아이의 오른손은 엄지와 검지, 그리고 뭉쳐있는 나머지 손가락, 이렇게 세 개뿐이었다.

그러나 아이는 야구를 하고 싶었다. 오른손잡이였던 그는 손가락이 세 개뿐인 오른손을 보다가 결국 왼손잡이가 되기로 결심했다. '오른손이 안되면 왼손으로 하면 그만'이라고 생각했기 때문이었다.

억지로 왼손으로 공을 던졌다. 그리고 힘이 떨어지는 기형의 오른손에도 힘이 들어갈 수 있도록 오른손으로만 야구방망이를 잡고 스윙연습을 했다. 피부 이식 수술을 한 오른손의 피부가 벗겨지고 피가 흘러내리기도 했다. 그러나 그는 멈추지 않았다.

1981년, 은퇴를 선언한 일본 프로야구 최고의 강타자 장훈의 이야기다. 통산 3천 83개의 안타를 기록했고 통산타율은 무려 3할 1푼 9리였다.

사람들은 그를 야구 천재라고 불렀다. 그러나 그의 오른손은 엄지와 검지, 그리고 서로 달라붙은 나머지 손가락을 지닌 장애인이었다.

장훈은 야구 천재가 아니었습니다. 그는 다만 끈기의 천재, 의지의 천재, 노력의 천재였을 뿐입니다.

백화점의 왕

벽돌공장에서 일하는 소년이 있었다. 사람들은 나이도 어리고 항상 조용히 일하는 그를 하찮게 취급하곤 했다. 조금이라도 귀찮은 일은 항상 그 소년의 몫이었고 그가 조금만 실수를 해도 주먹으로 소년을 때리기까지 했다.

그러나 소년은 항상 조용히 일만 했다. 다만 속으로 '두고 보자. 내가 더 열심히 일해서 큰 성공을 거두고 말겠다'라는 다짐을 할 뿐이었다.

아버지까지 돌아가시자 그는 집안의 생계를 책임지는 사람이 되고 말았다. 결국 어느 서점의 점원 자리를 얻은 그는 낮에는 서점에서 책을 팔고 밤에는 공부를 하는 힘든 생활을 이어갔다.

그러던 어느 날, 한 손님이 책을 사고 거스름돈 1달러를 가져가지 않은 사실을 깨닫고 어렵게 그 손님을 찾아가 1달러를 돌려주게 되었다.

소년의 정성에 감동한 그 손님이 소년에게 말했다.

"고맙구나. 아주 성실한 소년이구나. 내가 포목점을 하고 있는데, 우리 가게로 와서 나를 도와주지 않겠니?"

소년은 포목점으로 자리를 옮겨 열심히 일하기 시작했다. 5년 뒤 소년은 1천 9백 달러를 모을 수 있었으며 그 돈을 밑천으로 독립을 결심했다. 그때 그의 나이 23세였다.

그는 사업을 시작하면서 그때까지 아무도 시행하지 않았던 정찰제 판매를 도입하고 물건을 구입한 손님이 나중에 다시 와서 반품을 요구하면 언제라도 교환을 해주는 파격적인 서비스를 내세웠다.

결국 그는 큰 성공을 거두었고 드디어 미국의 10대 재벌에까지 오르게 되었다. 그가 바로 '소비자는 왕이다' 는 말로 유명한 '백화점의 왕' 존 워너메이커이다.

상대방을 왕으로 치켜 세워주면 나 자신도 왕이 됩니다. 그러나 상대를 하찮게 대한다면 상대도 나를 하찮게 대할 것입니다. 대접받고 싶다면 먼저 대접하십시오. 그 속에 성공이 감추어져 있습니다.

찰스 왕세자의 비극

찰스 왕세자의 아버지 필립 공은 군인 출신이었는데, 언제나 아들의 일생을 자신의 무릎 위에 놓고 조정하려 하는 성격이었다. 그리고 결국 아들 찰스를 자기처럼 강인한 군인으로 키우려고 노력했다.

그러나 찰스는 언제나 아버지의 기대 수준에 미치지 못했고 때문에 늘 아버지는 아들을 못마땅하게 생각하게 되었다.

필립은 학교생활에 잘 적응하지 못하는 아들을 겁쟁이라고 놀리기까지 했다. 그리고 48세나 된 아들의 의견에 늘 조롱과 빈정거림으로 응수했다. 하고 싶은 말이 있어도 직접 전하지 않고 하인을 통해 전갈을 보냈으며 아들의 생일도 기억해주지 않았다. 아버지의 이런 권위적인 태도가 아들 찰스의 마음을 황폐하게 만든 것은 어쩌면 당연한 결과였다.

찰스의 어머니도 마찬가지였다. 엘리자베스 2세는 대영제국의 여왕으로서 공무를 수행하느라 늘 바빴다. 그래서 아들에게 키스하거나 껴안아주는 일조차도 힘겨워했다.

어린 시절 찰스는 하루 30분 정도밖에 어머니를 볼 수 없었고, 대부분의 시간은 유모와 함께 지내야만 했다.

한번은 어머니와 아버지가 영국 순회를 떠났는데, 6개월만에 돌아온 어머니의 애정 표현은 공식석상에서 아들 찰스와 악수를 나눈 것이 전부였을 정도였다.

찰스의 애정 결핍은 결국 결혼생활에서 문제를 드러내고 말았으며 부부의 갈등과 불륜, 그리고 다이애나비의 죽음으로 찰스는 세계인 앞에서 수치를 당하고 말았다.

사람은 사랑을 먹고 자라납니다. 그리고 가족들의 충분한 사랑을 받은 사람만이 주변에 사랑을 나누어줄 수 있는 것입니다.

고통이 나의 스승

프랑스 최고의 화가로 칭송 받는 르누아르는 원래 도자기를 굽는 공장의 공원에 불과했다. 가난한 집에서 태어난 그가 할 수 있는 유일한 것이었기 때문이다.

그러나 그림을 그리고 싶다는 생각을 지닌 그는 도자기를 구우면서 틈틈이 도자기에 그림을 그려 넣어 자신의 재능을 키워갔다. 그리고 결국 최고의 화가로 이름을 날리게 되었다.

그러나 그는 화가가 된 이후 심한 신경통으로 인해 손을 사용하기 힘들 정도가 되고 말았다. 결국 손에 붓을 붙들어매고 그림을 그릴 수밖에 없는 지경까지 놓이게 되었다.

이 모습을 보고 한 사람이 물었다.

"선생님, 그런 손으로 어떻게 이토록 멋진 그림을 그릴 수 있는지 궁금합니다."

그러자 르누아르는 태연하게 대답했다.

"그림은 손으로 그리는 것이 아닙니다. 눈과 마음이 가장 좋은 붓이지요. 그저 붓만 가지고 그린 그림에는 생명력이 없습니다. 그림을 그리며 고통을 느끼는 그 자체가 나에게는 소중한 그림 선생님이라고 할 수 있지요."

어둠 속에서 찬란한 태양이 솟아오르는 것처럼, 고통에서 희망이 피어납니다. 나약한 사람에게 고통은 절망을 부르는 독약이지만, 지혜로운 사람에게 고통은 성공의 원천이 됩니다.

안전핀으로 묶은 사랑

뉴욕의 가난한 기술자 월터 헌트는 돈이 필요했다. 사랑스러운 애인 헤스터에게 청혼을 했지만 그녀의 아버지가 거절한 탓이었다.

"경제력이 없는 사람에게 내 딸을 줄 순 없네."

"저를 믿어주십시오. 지금 당장 돈은 없지만 돈을 벌 수 있는 머리는 있습니다."

"그래? 그렇다면 열흘 안에 1천 달러를 벌어 오게. 그럼 결혼을 승낙하지."

1840년 당시 1천 달러는 집 한 채 값이었다. 큰소리는 쳤지만 열흘 안에 그렇게 큰돈을 마련할 방법이 도무지 떠오르지 않았다. 헌트가 가지고 있는 밑천이라면 바로 철선을 가지고 이것 저것을 만드는 공작 솜씨. 여기까지 생각이 미치자 헌트는 마침내 좋은 아이디어가 떠올랐다.

'살을 찌르지 않는 안전핀!'

당시 미국인들은 큰 행사가 있을 때마다 바늘핀으로 리본을 꽂았다. 그러나 이 핀은 뾰족한 끝이 그대로 드러나 있어 리본이 쉽게 떨어지고 사람의 손이나 가슴을 찌르곤 했다. 헌트는 곧장 연구에 들어갔다. 철선을 구부리고, 스프링을 다는 등 철선과 씨름하기를 며칠째… 드디어 약속한 날 하루 전 안전핀은 완성이 되었다.

당장 헌트는 리본 가게를 찾아갔다. 대부분 영세업체였던 리본 가게의 주인들은 안전핀의 특허권이 1천 달러라는 소리에 고개를 저었다. 그러나 다행히도 안전핀의 획기적 발상을 알아본 한 리본 가게 주인이 뒤늦게 헌트를 찾아와 1천 달러를 내놓았다.

그 리본 가게 주인은 이후에 1천 달러의 몇 십 배나 되는 엄청난 돈을 벌었다. 비록 헌트는 백만장자가 되지는 못했지만 영원한 사랑을 얻었고, 발명 역사에 '로맨스 발명가'라는 이름을 남겼다.

성공을 원한다면 반드시 성공을 해야 한다는 목표 의식이 있어야 합니다. 강한 목표 의식이 자신을 채찍질하고 격려하여 성공의 자리로 이끌어주기 때문입니다.

장애인이 아니었다면

미국의 32대 대통령 루즈벨트는 부유한 집안의 외동 아들로 태어났다. 대저택에 살면서 부러울 것이 없는 귀족적인 어린 시절을 보냈다. 테니스와 피아노, 우표수집 그리고 사진 찍기 등 그가 원하는 것이라면 무엇이든 할 수 있었다.

1910년, 28세의 청년 루즈벨트가 상원의원에 당선되었을 때 언론은 앞다투어 그를 다루기도 했다.

멋진 외모와 완벽한 집안의 후광을 받았기 때문이다.

그러나 그에게도 불행은 찾아왔다. 1921년 어느 날, 그는 문득 온몸의 근육이 당기는 듯한 통증과 한기를 느꼈다. 칼로 찌르는 듯한 고통은 다리에서 등으로, 그리고 온몸으로 번져갔다. 의사의 진단은 소아마비. 발병원인을 모르는 것은 물론 치료방법도 없었다.

갑자기 하반신이 마비되어 침대에 눕게 된 그는 분노와 두려움 속에서 방황해야 했다. 그러나 포기할 수는 없었다. 보호대와 목발을 이용하여 걷는 법을 익히기 시작했다. 목발 때문에 양쪽 겨드랑이는 열이 날 지경이었고 한번 넘어지면 누군가 다가와 도와주기 전까지 계속 버둥거리며 엎어져 있어야 했다. 그러나 그는 멈추지 않았다. 자신을 불쌍하다고 생각하지도 않았다. 아니 그런 생각을 할 틈조차 없었다. 병이, 고통이 그를 변화시키기 시작했다.

계속 누워서 지내는 동안 그는 사물을 다른 각도에서 보는 방법을 터득했던 것이다. 전에는 보이지 않았던 것들이 눈에 보였다. 병들고 신음하는 사람들을 생각하게 되었다. 따뜻한 마음과 겸손함의 중요성을 깨닫기 시작했다.

그는 웜스프링스 재단을 설립하고 소아마비의 연구와 치료를 시작했다. 소아마비 환자의 치료를 위한 특수 게임과 운동을 개발했고 근육의 성장과 힘을 측정하는 장치를 고안했다.

결국 그는 불리한 조건을 떨쳐버리고 성공적인 인생을 가꾸는 데 성공한 것이다. 대통령의 자리에도 올랐고 그 자리를 12년이나 지켜나갔다. 미국인들은 아직도 그를 '가장 위대한 대통령' 으로 기억하고 있다.

그가 만약 장애인이 되지 않았더라면 그는 단순히 미끈한 용모의 부잣집 아들에 불과했을 것입니다.

어머니를 위한 생일 선물

트럭 운전사 엘비스 프레슬리는 어머니에게 생일 선물로 드릴 음반을 만들기 위해서 스튜디오를 찾았다. 그를 처음 본 제작자는 그를 보고 흑인들의 음악이 주류를 이루고 있는 당시의 음악계 흐름을 바꾸어놓을 대스타가 될 재목이라 판단했다.

처음 음반이 만들어졌을 때 방송국 DJ는 엘비스가 흑인이 아니라고 토를 달아 주어야 했을 정도로 당시 음악은 흑인들이 장악하고 있었다. 그러나 엘비스의 등장으로 그 판도가 달라지고 말았다. 흑인들의 음악과 백인들의 음악을 교묘하게 뒤섞어 놓은 듯한 엘비스의 음악은 순식간에 부상했다.

그가 발표한 음반은 모두 로큰롤의 고전으로 자리잡기 시작했다. 이미 다른 가수가 먼저 부른 노래들이었지만 그의 놀라운 가창력과 특이

한 춤동작이 대중들을 열광시켰던 것이다. 이후 그는 전 세계 10대 팬들을 사로잡으면서 가장 잘 팔리는 가수가 되었다.

그러나 큰 성공 이후 그는 자신의 이미지를 바꾸기 위해 영화출연도 하고 로큰롤에서 탈피하여 발라드로 음악적 변화를 시도하기도 했지만 번번이 실패하고 말았으며 결국 약물과용으로 사망하기에 이르렀다.

그러나 그의 이야기는 그것으로 끝난 것이 아니었다. 그의 노래는 그가 죽은 이후에도 많은 사람들의 심금을 울렸고 그에 대한 숭배는 계속되어, 그가 잠들어 있는 멤피스는 그를 사랑하는 사람들의 순례지로 변화하기도 했다.

세계적인 가수 엘비스 프레슬리의 첫 번째 음반은 돈을 벌거나 유명해지기 위한 것이 아니었습니다. 어머니에게 선물로 드리기 위한 작업이었습니다. 그리고 돈과 명예를 위해 발버둥친 이후의 일들은 모두 실패로 끝나고 말았습니다.

마음이 젊은 사람

에이먼드 하머는 러시아에서 혁명이 일어나기 직전에 레닌을 만난 인연으로 미국인으로서는 최초로 소련 내 상업 활동을 인정받은 인물이다.

그는 레닌 이후 소련의 지도자와도 우애를 돈독히 했으며, 그 덕분에 냉전 시대에는 미국 대통령과 소련 지도부 사이를 연결하는 중재인 역할을 수행하기도 했다.

그러나 그의 명성이 세계에 알려지기 시작한 것은 그의 나이 60세 이후부터였다.

그는 늙은 나이에도 불구하고 도산 직전이던 석유 회사 '옥시덴탈'의 회장으로 취임해 회사를 재건하고 세계 유수의 기업이 발전할 수 있도록 토대를 마련했다.

"육체의 나이는 아무런 문제가 아니다. 나이가 젊더라도 도전 정신이 없다면 그는 늙은이요, 아무리 나이를 많이 먹었어도 도전정신만 있다면 그는 젊은이라고 할 수 있기 때문이다."

이 말은 끝없는 도전으로 이어진 에이먼드 하머의 인생 그대로를 표현한 것이다. 실제로 그는 1990년 92세의 나이로 사망할 때까지 쉬지 않고 세계를 돌며 사업 수완을 발휘한 젊은 도전정신의 영원한 젊은이였기 때문이다.

강한 의지를 지닌 인간에게 나이나 환경은 큰 문제가 아닙니다. 자신의 의지만 있다면 얼마든지 인생을 개척할 수 있기 때문입니다.

다만 이웃을 생각했다네

　소전 손재형은 독특한 서예체를 개발하고, 옛 선인들의 글씨와 그림에 조예가 깊어 미술업계에서는 이름이 난 사람이었다. 그래서 그가 글과 그림에 대한 감상을 적은 관기를 붙이면 그 작품은 모두 믿을 만한 것으로 여겨졌다.

　그런데 한때 구도도 엉성하고 낙관도 제대로 되어 있지 않은 작품들에 소전의 관기가 있다고 해서 고미술업계가 시끄러웠던 적이 있었다.

　소전의 관기로 봐서는 진품으로 여겨야 했지만 작품은 누가 봐도 진품으로 인정할 수가 없는 상태였던 것이다. 이런 일이 빈번해지자 하루는 소전의 제자들이 찾아왔다.

　"선생님 요즘 추사, 겸제, 혜원, 단원의 작품이라고 이름을 달기는 했지만 한눈에 봐도 엉성한 작품들이 선생님의 관기를 달고 버젓이 진품으로 나돌고 있습니다. 선생님께서 정말로 관기를 써 주신 적이 있으신 지요."

소전은 빙그레 웃으며 말했다.

"암, 있지"

제자들은 놀라 소전에게 따져 물었다.

"선생님은 그 작품들이 가짜라는 것을 누구보다도 잘 아셨을 텐데 왜 그런 일을 하셨습니까?"

제자들의 원망 섞인 질문에 침묵을 지키던 소전이 한참 뒤에 입을 열었다.

"한창 전쟁 중이었을 때 피난지에선 먹을 것과 입을 것이 많이 모자랐다네. 다급했던 사람들은 내게 그림을 들고 와서 관기 하나만 써 주면 그것으로 굶고 있는 식구들이 먹을 쌀 한 가마니는 구할 수 있다며 애원했지. 자네들 같으면 학문적 양심을 지켜야 한다고 그들을 모른척 할 수 있겠는가?"

소전의 말에 제자들은 더 이상 말을 잇지 못하고 조용히 고개를 떨구었다.

당신이 추위에 떨고 배고픔에 지쳐 있을 때, 당신은 어디로 가서 도움을 청하겠습니까? 나무나 꽃에게 다가가겠습니까? 아니면 소나 말에게 다가가겠습니까? 사람에게 희망은 사람뿐입니다.

지옥으로 간 스님

전라남도 순천에 있는 사찰 송광사는 법보(法寶) 사찰인 합천 해인사, 불보(佛寶) 사찰인 양산 통도사와 함께 우리나라 3대 사찰의 하나이다. 그 송광사에서 오랜 기간 동안 참선을 하던 구산스님이 75세의 나이로 입적하자 성철스님이 조의를 담은 글을 보내왔다. 그런데 그 글을 펼쳐보던 스님들은 깜짝 놀라고 말았다. 그 글의 내용은 "구산은 이제 지옥으로 쏜살같이 떨어졌다."는 것이었다.

스님들이 웅성거리며 말했다.

"혹시 성철스님과 구산스님이 평소에 원한 관계라도 있었던 것은 아닐까?"

그러나 평소 구산스님과 성철스님 모두와 친하게 지내던 한 스님이 빙그레 웃음을 지으며 입을 열었다.

"왜 이렇게 소란스러운가? 이건 성철스님이 구산스님에게 보내는 최대의 찬사요 존경의 표시인데?"

그러자 스님들이 물었다.

"경의라고요? 지옥으로 떨어지라는 말이 욕이지 어째서 존경의 뜻이라고 할 수 있습니까?"

"이보게, 구산스님처럼 높은 법력을 지닌 분이라면 극락으로 가서 무슨 할 일이 있겠는가? 지옥으로 달려가 거기서 죄 때문에 고통받는 사람들을 구해야 하지 않겠는가? 그런 어려운 일은 오로지 구산스님밖에 할 수 없다는 뜻이니 이것이 최고의 찬사가 아니고 무엇이란 말인가?"

　　　　푹 쉬고 싶다고 말하는 사람들이 많지만 직장을 잃고 하루 이틀만 집에 있으면 그곳이 바로 지옥임을 느낄 수 있습니다. 스스로 가장 잘 할 수 있는 일을 열심히 할 수 있는 곳, 그곳이 바로 천국입니다.

진정한 꿈

독일의 어떤 경찰서에서 말단 경찰들끼리 모여 장래 희망에 대해 이야기를 나누고 있었다.

한 사람이 먼저 그 지방의 치안을 책임지는 경찰서장이 되겠다고 큰소리를 쳤다. 그러자 옆 사람은 경찰서장을 임명하는 경찰국장이 되겠다고 호기를 부렸다. 마지막 사람은 경찰국장을 임명하는 수상이 되겠다며 능글맞게 웃었다.

하지만 유독 한 사람만이 침묵을 지키고 있었다. 궁금해진 동료들이 그에게 물었다.

"자네는 왜 조용한가?"

그러자 그는 간단하게 포부를 밝혔다.

"난 그저 한 계급만 승진했으면 좋겠어."

그 말을 들은 다른 경찰들이 한 사람씩 돌아가며 그에게 핀잔을 주었다.

"남자로 태어나서 꿈이 그 정도밖에 안 돼?"

"좀더 꿈이 커야 큰일을 하지 않겠어?"

"바보처럼 무슨 꿈이 그래?"

하지만 20여 년이 지난 뒤 그 사람에게 핀잔을 줄 수 있는 사람은 아무도 없었다. 그가 바로 독일의 전설적인 영웅 비스마르크 수상이다.

이것이 바로 범인과 위인의 차이입니다. 위인은 아무런 계획도 없이 떠들지 않습니다. 세월 따라 저절로 풀리기를 기다리지도 않습니다. 그들은 치밀한 계획을 세워 차근차근 실천해 나갈 뿐입니다.

젊은 정신

세계 최초로 대서양 횡단 단독 비행에 성공한 린드버그. 그가 대서양 횡단에 성공했을 때 그의 나이는 스물 다섯 살이었다.

무모할 정도로 용감했던 하늘의 영웅도 말년에는 하와이에서 조용한 나날을 보내고 있었다.

그러던 어느 날, 린드버그는 스미소니언 박물관에 기증한 그 비행기, 스물 다섯 살 때 자신이 직접 개조해서 대서양을 건넜던 비행기 '세인트 루이스의 정신'이 보고 싶어졌다.

그가 박물관에 전화를 걸어 뜻을 밝히자 박물관장은 흔쾌히 린드버그를 초청했다. 그리고 린드버그가 방문하자 박물관장은 그가 비행석에 오를 수 있도록 특별히 긴 사다리를 놓아주었다.

사다리를 타고 올라가 비행기의 좌석에 다시 한 번 앉은 린드버그는 큰 감회에 젖어들었다. 한참 뒤 그는 사다리를 타고 내려오며 말했다.

"내가 어떻게 저 비행기로 대서양을 건널 수 있었는지 모르겠소."

그 말에 박물관에 모여 있던 사람들은 깜짝 놀라며 말했다.

"아니, 대서양을 건넌 장본인께서 무슨 말씀입니까?"

"저 비행기 안에 들어가 자세히 살펴보니 고도계도 없고 계기판조차 없군요. 이런 비행기로 대서양을 건넌다는 것은 정말 불가능한 일인데…"

그 비행기는 엔진과 날개, 바퀴만 달린 아주 단순한 기계에 불과했다.

린드버그 자신조차 불가능한 일이었다고 말한 것을 가능케 한 힘, 그것은 린드버그의 젊은 정신이었습니다. 젊음과 꿈, 그리고 도전 정신이 바로 불가능을 가능하게 만드는 힘입니다.

쇠막대기의 가치

세계적으로 유명한 힐튼호텔의 창업자인 콘드라 힐튼은 가
난한 행상인의 아들이었다. 언제나 여기저기를 떠돌며 장사를 하는 아
버지를 따라다니며 편안한 잠자리가 얼마나 중요한 것인지를 깨달은 그
는 결국 1924년 댈러스에 큰 호텔을 세우게 되었고 이 호텔은 세계적인
호텔로 우뚝 서게 되었다.

그가 크게 성공한 이후 그는 성공의 비결을 묻는 사람들이 있으면 언
제나 볼품 없이 평범한 쇠막대기를 들어 보이며 이렇게 말했다고 한다.

"이 쇠막대기는 5달러 짜리 싸구려에 불과합니다. 이 상태로는 정말
아무 짝에도 쓸모가 없게 보이죠. 그러나 이것을 불에 달구었다가 두들
겨서 말발굽을 만들면 15달러를 받고 팔 수 있는 상품이 됩니다. 더 많
은 정성과 시간을 기울여서 바늘을 만들게 되면 3천 달러를 받고 팔 수

있죠. 만약 특수 용수철을 만든다면 3만 달러도 가능합니다. 놀랍지 않습니까? 처음에는 5달러 짜리 볼품 없는 쇠막대기에 불과했지만 사람의 손이 간다면 몇 만 배의 가치가 창출됩니다. 제가 성공할 수 있었던 것은 바로 이런 것을 이용했을 뿐입니다."

아무리 보잘것없는 것이라도 그것을 어떻게 사용하는가에 따라 그 가치가 달라집니다. 우리 인생도 어떻게 활용하느냐에 따라 크게 달라질 수 있는 것입니다.

촛불의 무언 시위

미국에 A.J. 머스트라는 사람이 있었다. 그는 베트남 전쟁 당시 밤마다 촛불을 들고 백악관 앞에 서 있었다.

그의 반전 시위에 많은 사람들이 동참하기도 했지만 때로는 그 혼자서 외롭게 서 있어야 한 적도 많았다. 그는 그렇게 매일 밤마다 촛불을 들고 무언의 시위를 계속했다

어느 날 저녁, 텔레비전 방송기자가 빗속에 촛불을 들고 서 있는 그를 취재하기 위해 나왔다. 기자는 대화 중에 머스트에게 이런 질문을 던졌다.

"머스트 씨, 당신이 밤에 혼자 촛불을 들고 이곳 백악관 앞에 서 있다고 해서 세상이 달라질 것이라고 믿습니까? 아니면 이 나라의 정책이 변할 것이라고 믿는 것인가요? 대답해주시죠."

그러자 그가 대답했다

"천만에요. 난 이 나라의 정책을 변화시키기 위해 이런 일을 하고 있는 것이 아닙니다."

"그럼 무엇 때문에 이런 일을 하는 거죠?"

"나는 다만 이 나라가 나를 변질시키지 못하도록 하기 위해서 이 일을 하고 있는 것입니다."

세상 사람늘이 모두 외눈박이라 하더라도, 그래서 눈이 두 개인 내가 장애인 취급을 받더라도 슬퍼할 필요는 없습니다. 다만 나 스스로 장애인이라는 생각을 하지 않도록 당당해지는 것이 가장 중요한 일입니다.

조국을 위하여

　미국 독립전쟁 때의 일이다. 조지 워싱턴 장군의 수하에 해엘이라는 앳된 청년이 하나 있었다. 처음 그가 워싱턴을 찾아와 독립군에 가담하고 싶다고 했을 때 장군은 너무 여려 보이는 얼굴의 그 청년을 돌려보내려고 했다.

　"아닙니다. 그래도 저만이 할 수 있는 일이 꼭 있을 것입니다!"

　청년이 하도 강경하게 나오자 워싱턴은 그를 한번 떠보기 위해 이렇게 말했다.

　"좋네. 그렇다면 자네는 적진 깊숙하게 들어가 정탐을 하고 올 자신이 있는가? 아주 위험한 일인데?"

　"네, 시켜만 주십시오. 사람은 꼭 필요한 순간 목숨을 바칠 줄 알아야 한다고 어머니께 배웠습니다. 나라의 독립을 찾는 일 앞에서 어찌 목숨을 아낄 수 있겠습니까?"

결국 해엘은 빵장수로 위장하고 영국군 속으로 들어갔다. 그들의 군 사기밀을 탐지하여 돌아오는 일은 전쟁에 있어 승패를 좌우하는 아주 중요한 일이었다.

그러나 불행하게도 해엘은 그 뜻을 이루지 못하고 체포되고 말았다. 그는 사형장으로 가는 순간까지 자신이 알고 있는 비밀을 모두 지켜낸 후, 죽기 직전 이렇게 말했다고 한다.

"아, 원통하다. 어찌 내 조국을 위해 바칠 수 있는 목숨이 단 하나뿐이란 말인가!"

전쟁이 끝난 후 그의 모교인 하버드 대학 교정에는 아직도 그의 동상이 우뚝 서 있다. 그리고 동상 아래에는 이런 글귀가 적혀 있다.

"아, 원통하다. 어찌 내 조국을 위해 바칠 수 있는 목숨이 단 하나뿐이란 말인가!"

오늘 우리가 누리고 있는 자유와 행복은 앞서 세상을 살다간 수많은 조상들의 용기 있는 희생의 결과입니다. 그들은 자신을 위해서가 아니라 미래에 이 땅에 살게 될 사람들을 위해, 결국 미래를 위해 행동했기에 존경을 받는 것입니다.

준비된 대통령

미국의 루즈벨트 대통령은 치밀한 준비성을 지닌 사람으로 유명하다. 훌륭한 연설로도 이름이 높던 그였지만 언제나 1주일 정도의 준비기간이 없으면 연설을 하지 않을 정도로 준비를 중요하게 여기는 사람이었다.

그가 대통령으로 있을 때, 하루는 비서가 와서 그에게 물었다.

"내일 어느 환영식장에서 연설을 해달라는 부탁이 들어왔습니다. 어떻게 할까요?"

루즈벨트는 행사 시각을 정확하게 묻더니 대답했다.

"음, 그렇다면 지금부터 약 20시간 정도의 시간이 있는 것이로군. 연설에 소요되는 시간은 어느 정도인가?"

"에, 한 15분 정도라고 합니다."

"좋네. 연설을 수락하지."

그가 연설을 수락한 것은 나름대로 치밀한 계산이 있었기 때문이었다. 그는 1분 연설을 위해 1시간 동안 원고를 작성하는 사람이었다. 그러므로 15분 연설을 위해서 원고를 준비하려면 15시간이 필요했다. 연설까지는 20시간이 남아 있었으니 그는 15시간 동안 연설 원고를 준비하고 5시간 동안 잠을 자면 충분하다는 결론을 내린 것이었다.

루즈벨트는 그날 밤, 모든 면회를 거절하고 연설 원고 작성에 들어갔다.

루즈벨트의 명연설은 결코 타고난 말재주 때문은 아니었다. 꼼꼼하게 연설문을 작성하고 미리 준비하는 철저한 준비정신이 명연설을 탄생시킨 것이었다.

'대충대충'과 '빨리빨리'가 가져올 수 있는 것은 부실함입니다. 언제나 바쁘다고 외치며 정신없이 일을 처리하는 사람은 대부분 게으른 사람입니다. 성실한 사람은 시간을 쪼개어 충분하게 준비하기에 항상 여유로운 법입니다.

내 일은 내가 책임집니다

지금은 거의 대부분의 구두가 공장에서 만들어지지만 구두를 만드는 공장이 없었던 옛날에는 사람이 직접 가죽을 다듬어 구두를 만들어야만 했다.

미국 독립박물관의 초대 관장을 지낸 물리학자 헨리가 어느 날 구두를 장만하려고 구둣방으로 갔다. 당시에는 구둣방에 가서 구두를 주문하고는 구두가 완성될 때까지 기다려야만 했다.

당시 구두에는 두 가지 종류가 있었는데, 하나는 앞이 둥근 것이었고 하나는 앞이 네모진 것이었다.

그러나 구두를 주문한 헨리는 도대체 어떤 것으로 해야 할지 판단을 내리지 못하고 우물쭈물 하고 있었다.

그러는 사이, 구둣방 주인은 헨리의 구두를 만들기 시작했고 결국 구두가 다 만들어질 때까지도 헨리는 결단을 내리지 못하고 말았다.

"자, 다 만들었습니다."

구둣방 주인이 헨리 앞에 내민 구두는 한쪽은 앞이 둥글고, 나머지 한쪽은 앞이 네모진 구두였다.

헨리는 그제야 무릎을 치며 말했다.

"그렇구나! 내가 결단을 빨리 내리지 않으면 다른 사람이 내 대신 결단을 내리는 것이로구나!"

그리고 그 교훈을 오래 간직하려고 짝짝이 구두를 평생 보관했다고 한다.

진정한 지도자는 올바른 결단을 내리는 사람입니다. 하인은 주인이 시키는 일만 하지만 주인의 바른 결단이 없다면 아무런 일도 할 수 없는 것입니다.

당신이 자랑스럽습니다

오늘 날 세계적인 기업이 된 휴렛패커드사를 세운 휴렛과 패커드는 직원들을 신뢰하고 의견을 존중하는 경영인으로 유명하다.

어느 날, 데이비드 패커드가 공장장과 함께 작업장을 돌아보는 중이었다. 작업장에는 반도체 작업이 단계별로 잘 진행되고 있었다. 패커드는 열심히 일하는 직원들에게 격려의 말을 건네며 천천히 발길을 옮겼다.

그러다가 플라스틱 형판을 다듬고 있는 한 기술자 앞에서 발걸음을 멈추었다. 그 기술자는 윤기를 잘 낸 플라스틱 금형을 이제 막 마무리하려던 참이었다.

표면 처리가 매끄럽게 잘 된 금형을 본 패커드는 흐뭇한 미소를 지으며 무심코 그것을 손으로 만져 보려 했다. 그런데 바로 그 순간 그 기술자가 날카롭게 외쳤다.

"손대지 마십시오!"

갑작스러운 그의 말에 무안해진 패커드는 얼굴을 붉혔다.

그러자 옆에 있던 공장장이 그를 나무라며 말했다.

"자네, 참 무례하구먼! 이 분은 우리 회사의 패커드 회장님이네."

하지만 그 청년은 조금도 겁먹은 기색 없이 당당하게 말했다.

"이 분이 누구든 상관없습니다. 이 일의 모든 책임과 권한은 제게 있으니까요."

그러자 패커드는 청년의 어깨를 두드리며 말했다.

"미안하네. 자네 말이 맞아. 나는 자네처럼 긍지를 가진 기술자가 우리 회사에 있다는 것이 자랑스럽네."

높은 긍지와 자존심을 가진 사람을 보면 절로 고개가 숙여집니다. 긍지나 자존심은 재력이나 권력과는 아무런 상관이 없습니다. 그것은 자신의 일에 최선을 다할 때, 그리고 자신의 일에 확실한 자신이 있는 사람만이 가질 수 있는 진정한 가치이기 때문입니다.

213

왕보다 높은 사람

나폴레옹이 폴란드를 점령한 뒤에 있었던 일이다.

하루는 폴란드의 부자 영주가 저녁식사에 나폴레옹을 초대했다. 나폴레옹이 신하들과 함께 영주의 집을 찾아가니 벌써 많은 손님이 와 있었다.

그 중에서 나폴레옹은 가장 중요한 손님이었다.

그런데 나폴레옹의 자리는 세 번째 좌석에 마련되어 있었다. 누가 봐도 이상한 일이었다. 손님 가운데 나폴레옹보다 더 높은 사람은 없었기 때문이었다. 그러나 나폴레옹은 그런 것에 개의치 않았다.

그런데 만찬이 끝날 때까지 두 자리의 주인공은 끝내 나타나지 않았다.

만찬이 끝나자 나폴레옹의 신하들은 기가 차다는 듯 영주에게 따져 물었다.

"도대체 저 두 자리는 누구 자리요? 당연히 우리 황제가 첫 번째 자리에 앉아야 하는 것 아닙니까?"

그러자 영주는 태연자약하게 대답했다.

"프랑스에서는 황제가 가장 높을지 모르지만, 우리 집에서는 아버지와 어머니가 가장 높은 분이십니다. 저 두 자리는 부모님 자리였습니다. 그런데 오늘 몸이 편찮으셔서 결국 참석하지 못했습니다."

아무리 퍼올려도 결코 마르지 않는 샘이 있습니다. 언제나 세상에서 가장 맑고 깨끗한 물이 솟아나는 신비로운 샘입니다. 이 신비로운 샘물은 바로 부모의 사랑입니다.

215

29초의 결단

삼류 잡지의 가난뱅이 기자인 나폴레옹 힐은 '강철왕 카네기'의 성공 비결을 취재하기 위해 카네기의 저택을 방문했다.

"평소에 어떤 책들을 주로 읽으십니까?"

"……."

"하루에 취침 시간은 어느 정도인지요?"

"……."

"성공을 하기 위해 어떤 노력을 하는지 알고 싶습니다."

"……."

그런데 카네기는 대답 대신 기상 천외한 제안을 해왔다.

"여보게, 자네도 내가 어떻게 성공을 거듭하고 있는지 궁금한 게로군. 그럼, 나뿐만 아니라 성공한 다른 사람들의 성공 비결을 모두 취재해서 책으로 만들어 볼 생각은 없나? 내가 앞으로 20년에 걸쳐 5백 명에 이르는 성공인들 앞으로 소개장을 써주겠네. 다만 난 소개장만 써줄 뿐 경제적 보조는 한푼도 하지 않을 걸세. 어떤가?"

기자는 갑작스런 제안에 어리둥절한 표정으로 카네기를 바라보았다.

"이 자리에서 지금 곧바로 결정하게나."

카네기 같은 부자가 20년이나 걸려서 조사해야 할 일을 제안하면서 돈은 한 푼도 주지 않겠다고 말하는 것은 정말 뜻밖이었다. 힐은 잠시 뜸을 들였다가 힘차게 대답했다.

"네, 해보겠습니다."

그러자 카네기가 말했다.

"자네가 결단을 내리기까지 29초가 걸렸구먼. 만약 1분을 넘겼다면 나는 이 일을 자네에게 맡기지 않을 생각이었네. 자, 건투를 비네."

그 후 20년 동안 힐은 대성공을 거둔 5백 명의 자료들을 모아서 〈생각하라! 그리고 부자가 되라〉는 불후의 명저를 출간하여 부와 명예를 겸비한 성공 철학의 대가가 되었다.

누구나 성공을 향해 뛰지만 성취하는 사람은 한정되어 있게 마련입니다. 그것은 누구에게는 기회가 오고 누구에게는 기회가 오지 않는 차이가 아닙니다. 바로 빠른 판단력과 결단력의 차이인 것입니다.

당신이 먼저

1897년 5월 4일, 소피 샬로트 알랜콩 공작 부인이 파리에서 자선 무도회를 개최하였다. 그런데 무도회장에 갑자기 화재가 발생하고 말았다. 불길은 종이 장식과 간이 벽을 타고서 빠른 속도로 번져 나갔다.

은은한 음악과 즐거운 웃음 소리가 가득하던 실내는 삽시간에 아수라장으로 변하고 말았다. 파티를 즐기던 사람들은 엄청난 공포에 사로잡혀 어른들은 물론 어린이들까지 서로 뒤엉킨 채 출구 쪽으로 달려갔다.

파티에 참석했던 사람들은 정신없이 서로 부딪히고 걸려 넘어졌다. 어린이들의 울음소리와 그릇들이 깨지는 소리, 그리고 사람들의 비명 소리가 터져나왔다.

파티를 돕던 일꾼들은 미쳐 빠져나가지 못하고 갇혀 있는 사람들을 구해 내려고 필사적으로 노력했다. 그리고 불길과 연기를 피해서 겨우 단상에 도착한 일꾼들은 깜짝 놀라고 말았다. 공작 부인이 그때까지도 여전히 자리를 뜨지 않은 채 다소곳이 앉아 있었기 때문이었다. 일꾼들이 공작 부인을 안내하려고 하자 그녀가 말했다.

"나는 내 지위 때문에 이곳에 제일 먼저 들어왔습니다. 그러니 맨 마지막에 이곳을 빠져나가겠습니다."

공작 부인은 일꾼들의 손길을 뿌리쳤다. 그리고 그녀는 결국 강한 불길 때문에 연회장을 벗어나지 못한 백여 명의 사람들과 함께 숨을 거두고 말았다.

노블리스 오블리제(noblesse oblige)라는 말이 있습니다. 이는 '귀족의 의무'란 뜻으로 지도층으로서 보통 사람들보다 더 많은 의무를 지녀야 한다는 것을 말합니다. 대접받기만을 원하고 그 의무를 소홀히 한다면 그는 결코 존경받는 자리에 있을 자격이 없습니다.

눈을 보면 압니다

   몹시 추운 저녁에 한 노인이 강을 건너기 위해 기다리고 있었다. 강은 군데군데 얼어 있어서 함부로 건널 수 없었다. 한참 기다리니 몇 명의 신사들이 말을 타고 왔다. 하지만 노인은 도움을 청하려 하지 않고 가만히 서있기만 했다. 마침내 마지막 사람이 말을 타고 앞으로 다가왔다. 그가 가까이 오자 노인은 그의 눈을 바라보며 말했다.

   "나를 강 건너까지 태워다 주시겠습니까?"

   "그렇게 하지요. 어서 올라타세요."

   그 신사는 말에서 내려 노인이 말에 올라타는 것을 도와주었고 강을 건넌 뒤에도 한참 떨어진 노인의 목적지까지 태워다 주었다. 신사가 노인에게 물었다.

   "아까 다른 사람들이 말을 타고 지나갈 때는 아무런 부탁을 하지 않았습니다. 그런데 내가 가까이 가자 태워 달라고 부탁했습니다. 왜 그러셨습니까?"

노인은 그 사람의 눈을 똑바로 쳐다보며 말했다.

"나는 말을 타고 오는 사람들의 눈을 보았는데, 그들은 내 처지에 아무런 관심이 없음을 알 수 있었죠. 부탁하는 것은 소용없는 일이었습니다. 하지만 당신 눈에서는 친절과 자비심이 담긴 것을 보았습니다. 나는 알았습니다. 당신의 따뜻한 마음이 곤경에 처한 나를 도와주리라는 걸 말입니다."

노인의 말에 깊은 감동을 느낀 그가 노인에게 말했다.

"당신의 얘기에 깊이 감사를 드립니다. 앞으로도 내 생각에 열중하느라 다른 사람들의 불행한 처지를 잊는 잘못을 저지르지 않도록 노력하겠습니다."

그 말을 마치고 미국 제3대 대통령인 토마스 제퍼슨은 말을 몰아 백악관으로 갔다.

엘리베이터를 탔을 때 '닫기'를 누르기 전, 3초만 기다리십시오. 누군가 급하게 오고 있을지도 모르니까요. 내 차 앞으로 끼어 드는 차가 있으면 3초만 서서 기다려주십시오. 그 사람 아내가 정말 아플지도 모르니까요. … 다른 사람을 배려하는 마음은 세상을 살아가는 가장 중요한 원칙입니다.

221

소중한 꿈을 향해 가는 사람들에게

글 · 이도환

펴낸이 · 최병섭
펴낸곳 · 이가출판사

초판발행 · 2001년 12월 5일

출판등록 · 1987년 11월 23일(제1-547호)
주   소 · 서울시 마포구 현석동 44번지(대진빌딩 202호)
대표전화 · 713-1993
팩시밀리 · 713-1994

〈값 7,000원〉

잘못된 책은 바꿔드립니다

ISBN · 89-7547-056-3 (03810)